W0216703

BERLINOISE

DU MÊME AUTEUR

LE CŒUR DES ENFANTS LÉOPARDS (Prix des cinq continents de la Francophonie, prix Senghor de la création littéraire), Actes Sud, 2007 ; Babel n° 1001.

LE SILENCE DES ESPRITS, Actes Sud, 2010.

FLEUR DE BÉTON, Actes Sud, 2012.

© ACTES SUD, 2015
ISBN 978-2-330-03886-1

WILFRIED N'SONDÉ

Berlinoise

roman

ACTES SUD

Viens on va s'aimer,
Se tordre se retourner,
Comme au rêve d'hier, encore se caresser !

Des myriades de plages, d'étoiles de lumière,
Tant et tant de rivières roulant sous les paupières,
Des couronnes de rires, des hymnes des chansons,
Regarde, regarde-moi, ma tendre déraison.

Viens on va s'aimer,
Se mordre se purifier,
Et s'entendre courir, jamais plus s'arrêter !

Des essaims de pétales jalonnent la piste
Des larmes de joie pour unique sueur,
S'en remettre à l'étoile, oublier les heures,
Que la magie s'abatte et son règne persiste

Viens on peut s'aimer,
Se tordre se retourner,
Plonger au rêve d'hier, à l'incroyable croire…

SARTRE, WILFRIED, PARACLET,
JACKSIMON N'SONDÉ, janvier 1990

En souvenir de Marcel, d'Urbain, d'Anicet et de Willy…

À Pauline.

Je vous souhaite d'être follement aimée.

André Breton

J'ai rencontré Maya le 30 décembre 1989. Pascal et moi étions arrivés à la gare de Berlin Zoologischer Garten le matin même, la mine pâteuse, le cerveau encore embrumé par des effluves d'alcool, survoltés malgré la fatigue après une courte nuit passée dans le train en compagnie d'autres touristes impatients de participer à la fête. Les bouteilles de bière, de vin et de mousseux avaient circulé entre les compartiments et les wagons dès la frontière belge. Nous avions communié car nous croyions tous à l'illusion d'un rendez-vous du monde entier sur la scène de l'Histoire. Berlin l'exubérante ressuscitait, elle portait des habits d'apparat, une sorte de carnaval improvisé au rythme cacophonique des masses et des maillets contre le béton, la liesse et une réelle insouciance partout dans les artères de la ville en pleine effervescence, dans les bars et les cafés, un bouillonnement, une excitation juvénile dans l'atmosphère. Nous nous sommes tout naturellement mêlés à l'allégresse générale, pourquoi ne pas arracher quelques morceaux de ciment graffités à emporter comme autant de trophées pour dire fièrement, plus tard, que nous avions été de la partie.

Des passants agacés par le tumulte nous ont conseillé de suivre le bruit des chocs d'acier sur la pierre, que l'on distinguait au loin. Nous nous sommes approchés de l'attroupement dans les environs du no man's land qu'était encore la Potsdamer Platz.

Pascal s'est tout de suite fondu dans l'ambiance, il a sorti un marteau de son sac à dos et a commencé à frapper. Je préférais d'abord regarder autour de moi, la scène avait quelque chose d'irréel, des femmes et des hommes hilares cognaient avec violence leurs pioches et leurs pieux pour détacher des pans entiers de béton, certains s'étaient hissés en haut du mur, ils s'y donnaient l'accolade ou tendaient les bras à d'autres qui montaient.

Je l'ai aperçue qui descendait et se dirigeait d'un pas pressé et fier vers l'emplacement que nous avions choisi pour la casse. Mon regard a accompagné la silhouette de Maya qui s'approchait de nous, j'étais captivé par sa démarche souple et conquérante. Son manteau gris ouvert sur un pull en laine mauve à col roulé dévoilait de longues jambes enserrées dans un pantalon noir près du corps et des bottes de cuir. En passant près de moi sans me voir, elle a enroulé son écharpe autour de son cou et effleuré mes habits. J'aurais aimé qu'elle s'arrête mais elle a poursuivi son chemin vers Pascal à qui elle a tendu un outil plus grand qu'elle avait dans sa poche. Ils ont échangé quelques mots puis elle s'est retournée. Maya était là, à deux mètres de moi. Malgré la pénombre, j'ai tout de suite remarqué la peau brune de son beau visage, l'arc-en-ciel singulier de ses iris, plus haut ses sourcils fournis épousant harmonieusement la courbe de ses arcades. Ses traits épais, bien dessinés, sa bouche magnifique et sensuelle dotée d'une lèvre supérieure au tracé minutieux en forme de cœur évasé en son sommet, en dessous la chair pleine retroussée vers le bas, une invitation.

J'ai perçu un étonnement, un trouble dans son attitude alors que je la dévisageais, son regard s'est attardé sur moi quelques fractions de seconde. Je me délectais à distance, sans feinte ni calcul, un reste de bienséance m'empêchait de faire deux pas vers elle, de poser mes doigts autour de sa taille et de lui faire l'offrande d'un long baiser feutré. Elle a retrouvé un peu de contenance en s'adressant à Pascal pour vérifier si son nouveau marteau lui convenait mieux, puis je crois qu'elle a voulu savoir pourquoi je me tenais là à ne rien faire, avant que nous échangions un sourire, des bribes de phrases, des banalités. Quand elle a compris que j'étais fraîchement arrivé dans la ville, Maya s'est proposée de me servir de guide et s'est mis en tête de me détailler la situation.

Elle n'en revenait pas de vivre ces moments exceptionnels, elle le disait en secouant la tête de droite à gauche. Elle venait de Thuringe en RDA et s'était installée à Berlin-Ouest en novembre juste après l'ouverture de la frontière. Elle n'avait eu que quelques jours pour réinventer sa vie, passer d'un monde à un autre en enjambant le mur, alors elle revenait sur les ruines pour replonger dans l'ambiance de la révolution pacifique. Maya voulait me convaincre que le présent avait définitivement réussi à se défaire du passé et que, des débris grisâtres amoncelés çà et là dans la poussière autour d'elle, surgirait le plus beau des avenirs.

Elle m'a emmené faire les cent pas le long du rempart percé par endroits. Mon cœur battait très fort. J'aimais déjà sa présence à mes côtés, le son de sa voix, le débit de ses paroles. Quand nos regards se croisaient, je frissonnais, une agréable décharge électrique, des picotements dans la région du ventre, elle souriait, timide, un peu gênée.

Dans la cohue, nous déambulions côte à côte aux sons des gobelets de vin mousseux qui se choquaient dans la bonne humeur, nous avons trinqué nous aussi au bonheur et à la liberté pour tous au milieu des chants, des rires et des danses. Je remarquais quand même les coups d'œil furtifs, curieux, parfois embarrassés, de ceux qui se découvraient après des décennies de fantasmes. La langue était la même, les accents différents, tout comme les styles vestimentaires.

Nous avons retrouvé Pascal qui prenait de plus en plus de plaisir à la démolition, je me réjouissais de le voir s'amuser, sortir enfin de sa réserve. Maya et moi nous sommes assis sur un amas de gravats, elle a ouvert ses bras de toute leur largeur, elle inspirait et expirait très fort, une méditation dans le vacarme ambiant. Des lumières dansaient dans l'eau de ses yeux vairons, l'un entre gris et bleu, la nuit brouillait ma vue, l'autre, tons noisette sur le blanc, un kaléidoscope inédit qui lui donnait un air félin, un sortilège doux et puissant à la fois souligné par le noir intense au centre des orbites et, disséminées un peu partout sur ses iris, de minuscules pépites jaunes, très vives. Maya mystère me fascinait.

Elle a accepté un autre verre qu'un inconnu lui proposait en me demandant de m'approcher afin que je puisse mieux l'entendre. Mon oreille touchait presque sa bouche. Pour elle, la nouveauté signifiait surtout la fin des contorsions quotidiennes d'une vie dédoublée, d'une part la sienne, la vraie, de l'autre une façade pour déjouer la surveillance du système de la démocratie populaire, car l'horreur avait été d'imaginer, à tort ou à raison, qu'un de ses amis de longue date ou un membre de sa famille proche aurait pu être celui qui la dénoncerait aux autorités pour avoir osé émettre un avis critique à la pensée unique. Elle s'est interrompue un instant, m'a fixé pour me parler d'Iéna, sa ville natale qui, elle en était certaine, redeviendrait celle qu'aimaient tant Goethe le romantique et Schiller l'ennemi des tyrans, délaissés mais jamais oubliés. Ils retrouveraient bientôt leur juste place par-dessus les fresques ternes et austères du réalisme socialiste.

Je restais concentré, Maya s'enflammait. À l'organisation efficace et pratique qu'elle avait toujours connue, elle voulait substituer le règne de l'excentricité, de la fantaisie et du raffinement, car elle s'était débarrassée du poids de la suspicion tous azimuts depuis un peu plus d'un mois seulement et apprenait à exister dans l'espace public sans craintes ni angoisses, ses pensées libérées de leur étau de peur, tête haute, poitrine bombée. Rire, chanter, hurler si elle en éprouvait le désir. Maya identifia de l'approbation sur mon visage, je buvais ses paroles habité par une forte envie de me blottir contre elle. J'ai cru qu'elle allait m'embrasser mais elle s'est levée, s'est mise à tourner sur elle-même et ne s'arrêtait plus, une danse comme un hymne. Autour de nous des hourras et des applaudissements. Maya revint à moi, les pupilles dilatées, exaltée, une joie presque enfantine, heureuse de partager son bonheur, de pouvoir mettre des visages sur celles et ceux qu'hier encore elle devinait de l'autre côté, derrière les aboiements inquiétants des chiens de garde patrouillant la nuit le long des barbelés.

Elle me souhaita de ne jamais me retrouver face aux expressions froides et impassibles des douaniers qui contrôlaient minutieusement les personnes aux check-points. Maya, débarrassée de cette terrible sensation d'enfermement dans son propre pays, heureuse de ne plus être une insulaire involontaire à l'horizon obstrué de miradors et de sentinelles déterminées, prêtes à mettre en joue. Je réalisai que la femme que je venais de rencontrer naissait d'une lente gestation.

Maya suivait le fil de sa pensée, elle voulait que je me rende compte de l'extraordinaire mouvement, que je comprenne sa fierté d'avoir participé depuis le mois d'octobre à l'enchaînement des événements. La contestation, diffuse au début, s'était transformée en lame de fond, l'entraînant elle aussi dans l'avalanche. D'abord des chuchotements, des paroles dans les églises, des discussions dans la rue, les écoles, puis les marches, épaule contre épaule. L'hésitation de part et d'autre, la police déboussolée incapable de donner l'assaut. Maya, un peu mal à l'aise, tremblante mais décidée au milieu de la foule qui après quatre décennies de soumission et de fatalisme se découvrait la force d'écrire son destin en bousculant l'ordre établi.

Les minutes défilaient, l'heure de se séparer approchait dangereusement, j'appréhendais que cet élan puisse s'arrêter si brusquement. Heureusement, Maya m'a proposé de nous retrouver le lendemain. Nous avons décidé sur un coup de tête de fêter le Nouvel An ensemble, elle a griffonné le nom de la station de métro Kottbusser Tor sur un bout de papier déchiré qui, depuis ce jour, ne m'a plus jamais quitté.

Dix-huit mois plus tard, je me retrouve coincé au fond d'une vallée à l'extrême est de l'Allemagne à contempler l'épaisse forêt de Saxe qui recouvre les monts Métallifères et le soleil de juin qui se couche en embrasant l'horizon d'un joli rouge vif. J'ai accepté de me rendre dans ce coin de campagne perdu pour entretenir le rêve, jamais je n'aurais pu imaginer que la flamme du renouveau née à Berlin, ville en ébullition, vacillerait sous les assauts de la haine de l'autre devenue violence et rejet. Un abcès qui a enflé, une gangrène qui s'est propagée sournoisement à l'abri des regards jusqu'à l'assassinat sauvage de Agostinho Comboio par des skinheads enragés.

Le sentiment qui m'habite maintenant est très inconfortable. Je me sens traqué, sur la défensive, poussé dans mes derniers retranchements par la menace diffuse d'une attaque, l'avènement d'un coup de force meurtrier. J'observe attentivement le sommet arrondi du vallon en face de moi d'où descend l'unique route qui mène à la vallée, elle serpente jusqu'au petit pont au-dessus du ruisseau. De là viendra le danger.

Je suis assis à califourchon sur un garde-fou de pierre, ma jambe surplombe l'eau. Elle balance lentement. Je m'efforce de masquer ma nervosité. Dans mon dos, postés à une vingtaine de mètres, les autres me regardent. La peur me gagne mais je dois la contenir, il m'incombe de les rassurer. Clémentine, Pascal et moi savons que nous sommes pris au piège : en cas d'agression nous n'aurons aucune chance de nous défendre, encore moins de nous cacher. Ce sera la panique, un massacre au cœur de la beauté si paisible de cet endroit pittoresque à quelques kilomètres seulement de la frontière tchèque, une carte postale d'une autre époque. Le courage me manque. L'angoisse persiste, elle monte de mon ventre jusqu'à ma gorge, un shoot fulgurant, la frayeur me serre le cœur et m'assèche la bouche. Penser à autre chose. Je plisse les yeux puis perds mon regard au gré du courant à la recherche d'un peu de réconfort et de beauté. Je m'évade, concentré sur le cliquetis des flots qui glissent autour des quelques pierres et des mauvaises herbes. Des traits de lumière scintillent encore à la surface de l'onde. Je lance des cailloux dans l'eau et, avant de disparaître, ils se mêlent une fraction de seconde à ce qui rappelle une nuée d'étoiles dorées au milieu de couleurs aquarelles vert pâle et bleu.

J'aimerais souffler un instant, oublier, faire le vide, ouvrir une parenthèse, que le temps s'arrête jusqu'au début du spectacle, que l'on puisse aller au bout du programme spécial que nous avons concocté pour l'occasion : une démonstration de force, un véritable feu d'artifice de lumières, de rythmes et de sons, car il faut que ce soit une fête dont on se souviendra, avec de la puissance, de la folie, de l'improvisation. Nous sommes venus occuper l'espace, signifier notre présence, nous allons déconstruire la structure des chansons, changer les harmonies, pourquoi pas créer des fréquences inconnues, tout réinventer, affirmer que nous entendons aller où bon nous semble, enjamber les limites, reculer les frontières. Nous prévoyons d'osciller entre l'énergie brute de la batterie, une déambulation de mélodies planantes à la guitare, des cadences soutenues à la basse pour faire danser et vibrer la foule. Ce spectacle sera consacré au voyage, au mouvement sans entrave, une apologie de l'errance et de la découverte qui nous portera au-delà de la musique. Nous ne sommes pas là pour plaire, notre but est simple : offrir sans compter, cheminer jusqu'à l'essence de nos êtres, nous dévoiler sans pudeur en nous dénudant au gré des notes. Partager notre manière de nous laisser envahir par le son, le faire entrer en nous jusqu'à ce qu'il nous possède et nous habite totalement. Je veux taper du pied comme un fou, sortir de mon corps une voix qui me brûlera les poumons au passage du souffle, sombrer dans une transe, me téléporter dans une dimension de jouissance collective, m'extasier, tout donner, être le plus authentique possible…

Les heures d'attente avant de jouer me paraissent interminables, une course contre la peur. Je suis sur le pont au fond de la vallée, bercé par le ronronnement de l'eau en contrebas, je m'allonge sur les pierres chaudes. Je veux dédier ce concert à Maya, qu'il soit ma plus belle déclaration d'amour. Je ferme les yeux sur une image d'elle et moi, nus tous les deux, corps contre corps, essoufflés, hagards après l'étreinte. Je vois des flammes, des lumières étincelantes dans son regard incendié après l'amour. Ce souvenir me fait du bien, il me soulage. Je souris un instant, j'aimerais que le temps s'en aille à reculons et m'emmène la rejoindre. Mais autour de moi, seul le silence rompu par des pas qui s'approchent. Ils me ramènent à la faible lumière du jour qui s'éteint, à l'enclos des montagnes alentour.

Clémentine m'interpelle en soufflant timidement, Stan, c'est moi ! À son manque d'assurance, je comprends qu'elle est encore sous le choc. Je la sens plus tourmentée que d'ordinaire depuis que la veille, vers la fin de notre concert en plein air à Magdebourg, une colonne de néonazis est passée devant la scène, bras droit, pouce, index et majeur dressés vers l'avant. Leur défilé a jeté un froid, un silence de plomb de quelques secondes dans l'assistance pétrifiée. Clémentine, si fragile et sensible, n'a plus décroché le moindre mot jusqu'à notre retour à l'hôtel.

Elle s'approche en examinant l'expression sur mon visage. Elle hésite comme souvent et s'efforce de masquer ses sentiments. Ses doigts tremblent un peu en pinçant la fine cigarette roulée qu'elle coince entre ses lèvres, elle tire une longue bouffée en faisant la grimace avant de retirer machinalement des bouts de tabac posés sur sa bouche. Ses joues s'empourprent légèrement, elle fixe le sol une seconde pour fuir mon regard. J'apprécie sa compagnie et sa bienveillance. La simple observation de sa dégaine qui se dirige vers moi m'attendrit. Sa démarche si gauche qu'on croirait un pantin désarticulé, ses grosses chaussures noires et lourdes, lacées de rouge de jaune et de vert à la base du mollet, montent jusqu'aux genoux et lui donnent un air encore plus maladroit. Elle a dû essayer toutes les teintures possibles et imaginables sur le côté non rasé de son crâne avant d'opter finalement pour un auburn sombre et sale qui cache souvent une partie de sa figure très pâle.

C'est une femme discrète et délicate malgré une apparence farouche d'insecte nuisible prêt à vous sauter à la gorge, avec ses jambes finement musclées enserrées en toutes saisons dans des bas résille troués à différents endroits. Sa silhouette est frêle, un peu tordue à force de se tenir courbée car, depuis l'adolescence, Clémentine peine à se réconcilier avec cette enveloppe qui lui sert de corps. À la voir déambuler sur les trottoirs encombrés du centre-ville de Berlin, comme égarée dans la foule pressée et déterminée, me vient souvent l'envie de la prendre par la main avec le fol espoir de la protéger. Elle m'inspire des instincts paternels que je ne laisse pas transparaître en sa présence. Clémentine est fière et ne sacrifierait son indépendance pour rien au monde.

Décidée, comme elle aime à le dire, à ne plus engraisser les riches et à se démarquer de la société de consommation, elle se fournit gratuitement en habits invendables récupérés par un collectif écologiste auprès des magasins de fripes de son quartier. À l'exception de ses sous-vêtements, car aux parties les plus intimes s'arrêtent les prises de position politiques. Elle pouffe de rire en l'affirmant, la main devant sa bouche comme si elle craignait d'être entendue, elle rougit un peu.

Pour la circonstance, elle porte sa jupe écossaise très courte sur un short de cycliste écarlate, hors de question pour Clémentine de se laisser reluquer les fesses par tous les pervers de la terre à qui elle adresse un magistral doigt d'honneur argenté dessiné à la main au milieu de son tee-shirt noir, moulant, un majeur dressé qui trône entre ses petits seins. Une manière de couper court aux attaques visuelles et lubriques de la gent masculine. Elle se méfie de la plupart des hommes, cette engeance étrange et énigmatique, si difficile à saisir. Clémentine regrette par-dessus tout qu'ils s'emploient presque toujours à essayer de trouver le moyen le plus rapide de l'allonger plutôt que de s'intéresser à ses envies ou attentes les plus essentielles. Ses relations avec les garçons la frustrent et lui ont souvent laissé un goût d'inachevé. Comment comprendre Pascal, par exemple, et ses multiples conquêtes féminines, lui dont elle apprécie la finesse et la sensibilité de bassiste mais qui semble mettre son cerveau en mode veille à l'approche d'une jupe ou d'une robe.

Pour ma part je suis heureux qu'elle me témoigne tant d'affection, je suis pour elle un bon camarade, un homme en qui elle a confiance. J'admire par-dessus tout son jeu de batterie, sa passion. La musique lui rend l'assurance qui lui fait défaut au quotidien ; les baguettes serrées dans ses menottes comme on brandit une arme. Impassible sur son tabouret, elle alterne puissance et justesse, toujours précise et concentrée. Relent sans doute de la rigueur de l'éducation de ses parents dont elle souhaite pourtant se démarquer. Sur la scène Clémentine est un vrai métronome. Son assurance et son style très particuliers m'ont conquis dès les premières répétitions, elle, si instable sans son instrument, s'est mue au fil des concerts en un solide pilier de notre trio.

Clémentine s'arrête en face de moi et cherche encore ses mots. Je ne peux m'empêcher de penser que son accoutrement évoque une caricature de provinciale fraîchement débarquée à Berlin en provenance d'un trou perdu au fin fond d'une campagne quelconque, inconnue. En un temps record, elle s'est débarrassée de ses habits propres, repassés et pliés au carré dans une commode héritée d'un aïeul, avant de se transformer et d'opter pour un look trash et déjanté à l'extrême. Comme d'autres, elle tient absolument à habiter un squat à Kreuzberg, Friedrichshain ou Prenzlauer Berg, là où il fait bon être végétarien, défenseur de la faune, de la flore et pourquoi pas de toute la planète, lancer des pavés sur les voitures blindées de la police le 1er mai lors du défilé et le 31 décembre peu avant minuit.

J'ai vu Clémentine pour la première fois le lendemain de ma première nuit avec Maya dans leur grand appartement communautaire où les portes des toilettes et de la salle de bains avaient été volontairement retirées. Fébrile, elle avait accepté de rompre de cette manière avec ce que les autres squatteurs appelaient les conventions étriquées et réactionnaires. Pour surmonter ses soi-disant complexes petits-bourgeois, elle s'essayait au rapprochement avec ce corps qu'elle n'habitait pas, en rejetant toute intimité.

Clémentine avait viré au rouge vif du front jusqu'au cou quand je l'avais surprise nue dans la baignoire, il lui avait fallu énormément de courage et de certitudes anticonformistes pour surmonter sa gêne.

Née en Mayenne avec un nom de famille à particule qui rappelle celui d'un domaine viticole, Clémentine a reçu une éducation traditionnelle, stricte. Elle me fait rire quand elle raconte tout ce qui lui traversait l'esprit durant les heures passées à perdre son temps au catéchisme ou à l'église sous des prétextes qui lui échappent encore aujourd'hui. J'ai de la peine pour elle lorsqu'elle évoque le cauchemar de l'école privée catholique d'un autre temps dans un vieux bâtiment de pierres froides.

“Élargissez vos horizons”, le slogan officiel de la Mayenne a bercé ses rêveries du fond de son village peuplé de seulement quelques centaines d’âmes. Les fins d’après-midi au retour de l’école, le bus qui la ramenait chez elle parcourait, de début septembre à fin mars, les champs boueux de terres noires et gluantes parsemés de flaques d’eau gelées au milieu desquels s’ennuyaient des bovins impassibles. Les cloches de l’église ponctuaient ses heures de spleen, le cauchemar dès 20 heures quand le village dormait déjà, une torture pour l’adolescente qu’elle était.

Sa vie avait commencé à basculer lors d’un séjour linguistique à Londres, elle s’y était découvert un goût prononcé pour la musique punk anglaise écoutée au maximum du volume au grand désarroi du voisinage. Une fascination pour la rébellion et pour les excentricités vestimentaires systématiquement réprimées par l’intransigeance maternelle. Ses nouvelles passions, Clémentine les partageait alors avec Valérie, une jeune fille du lycée qui l’écoutait, la comprenait et devint vite sa meilleure amie, sa confidente. Des heures entières passées allongées à même le sol, peu importe où, à se parler de tout, de rien. Rêver un peu. Garder le silence pour se laisser porter par la musique, les yeux fermés. Avec le temps, Clémentine avait senti naître un trouble au contact, même furtif, du corps de Valérie. Son odeur la déroutait et l’attirait irrésistiblement. Des envies inédites avaient commencé à la surprendre, des pulsions de plus en plus fortes. Très tourmentée, jamais elle n’osa se déclarer, obsédée par l’idée d’être animée de sentiments répréhensibles, déraisonnables, qu’elle savait de toute façon radicalement contraires à la morale familiale. Des années de mutisme et de solitude avec son secret, l'isolement à la marge des normes, Clémentine se transformait. De plus en plus terne, morose, un voile gris pâle imprimé sur la figure, des cernes sous les yeux, un naturel farouche exacerbé, en retrait, torturée. La cassure avec son entourage s'aggrava jusqu'à devenir définitive, tant elle se sentait noyée en milieu hostile et intolérant, condamnée sans appel pour sa différence. Clémentine se torturait le cerveau à se méfier systématiquement du regard que l'on portait sur elle.

Elle perdait des minutes, des heures entières le front collé à la fenêtre devant le paysage de campagnes tristes livrées aux vents glaciaux sous la neige fondante d'automne, ou jaune uniforme, écrasé sous le soleil d'été, le dimanche après la messe et le déjeuner en famille. Parfois assise, le menton sur les genoux repliés contre sa poitrine au pied de son lit défait, partout le désordre, l'impression de profonde solitude au milieu d'une chambre bien trop grande pour elle seule. Une vie fade et oppressante.

Puis vint une lueur d'espoir, une promesse, le mur était tombé, là-bas, à Berlin, deux mondes ennemis, hier encore en guerre froide, se rejoignaient et s'invitaient au même rêve. L'espoir fou avait fini par entraîner Clémentine dans son sillon. Elle avait sauté la barrière des incompréhensions, s'était engouffrée dans la brèche. Fuir l'ennui, oser la rupture, changer d'air, s'échapper vers Berlin refuge, terre d'accueil des aventuriers, asile politique accordé aux clandestins de toutes origines et le droit pour elle d'aimer à sa guise.

Un chemin sinueux jusqu'à notre première entrevue fortuite et improbable. Elle, mal à l'aise dans son bain, pas moyen de se soustraire à ma vue alors que j'étais assis deux mètres plus loin sur le trône en céramique, ne sachant pas où poser mes yeux… Maya avait beaucoup ri de ma gêne quand je lui avais raconté l'anecdote. J'avais donné le change comme j'avais pu pour ne pas paraître ringard et coincé.

Près du pont, Clémentine rassemble des forces pour me dire de ne pas m'inquiéter. Quoi qu'il arrive nous avons eu raison de venir jusqu'ici affirmer nos idées, résister et ne pas abandonner nos rêves. De toute façon il n'y a plus que cette soirée et la nuit à passer, demain nous rentrons chez nous, à Berlin… Elle arrive à me galvaniser, je relève la tête pour lui adresser un sourire, même si j'ai mal, je suis fatigué. J'ai hâte que tout cela se termine. Je cherche mes mots, j'hésite, je soupire. Je préfère me taire. Des torrents se forment sous mes paupières. Je pose le poids de ma tête sur l'épaule frêle de son profil sans cheveux. Clémentine produit un effort pour rester debout. Elle passe sa main sur mon dos et me caresse maladroitement pendant une bonne minute tout en m'expliquant que Pascal a préféré regagner sa chambre pour rouler un joint, monter et descendre des gammes sur son manche de basse.

Je reprends ma place sur le pont. Clémentine s'est assise aussi et balance ses pieds d'avant en arrière comme une enfant, elle regarde le ciel les yeux plissés, les lèvres serrées. Je suppose qu'elle attend que je lui déverse mes tourments.

Ma voix se lézarde. Elle me hante, Maya, une douleur de chaque instant, beaucoup de regrets, de l'incompréhension, la tristesse me gagne quand je pense au miracle, à la magie de nos débuts.

Maya, nos folies aux premiers jours de janvier 1990, nous venions juste de nous rencontrer et j'avais déjà atteint le point de non-retour. Tu m'as pris par la main pour une escapade plein sud dans le secteur américain.

Maya, le souvenir, les tilleuls de Dahlem, les parfums tièdes là où commence ton cou et la courbe magnifique jusqu'à ta bouche. Seuls. L'étendue gelée, blanche et solitaire, les sourires dans la neige, le crissement sous nos pas, l'ombre d'une voûte de branches pliant sous le poids de minces cristaux de glace. Mes lèvres rencontrent les tiennes, pression de velours humide, torride. Tu m'entraînes vers le tumulte, aller jusqu'au bout, nous roulons collés l'un à l'autre et les images s'enchaînent. La course coupe le souffle, les doigts mêlés, la tête penchée pour éviter les feuilles, tes joues froides, dessus les perles d'eau, les étincelles au fond des yeux. Immobiles un long moment puisqu'il faut graver l'instant au plus profond des regards, ne rien perdre du délice, tu es belle ! Puis mes mains qui progressent jusqu'aux épidermes fragiles, tendres, mouillés en dessous, profond. Le mouvement toujours, l'ardeur encore et encore, happer l'ensemble de ton visage, ta langue jusqu'au palais.

Maya s'est tue. Ses dents plantées près du menton. Elle se cabre, le bout de mes doigts glisse entre ses jambes jusqu'au contact délicat du bourgeon de chair, dur, trône gorgé de sang échappé de son double lit de rides, il s'érige hors du bain épais et déjà brûlant. Son excitation en fusion me coule jusqu'à la paume, elle attise la ferveur, nos désirs enflent sous le rythme de ses hanches d'avant en arrière. Une musique des peaux qui se frottent au milieu du parc silencieux, nous basculons.

Mon pantalon sur mes chevilles, ses collants en accordéon sous ses genoux et sa jupe relevée que je remonte et plaque contre son dos. Nos chaussures peinent et perdent parfois appui sur le sol, d'elle à moi l'amour s'emballe, il ne cesse d'aller et venir. Frénésie du froid et du bouillant, la caresse et le feu, sa main ceinture fort mes reins. Éliminer tout espace entre nos corps. La tiédeur de nos sueurs au contact des flocons, l'étreinte est folle, la cadence dérape, les soupirs fusent de nos ventres et s'échappent en cris étranglés, timides au début puis il me semble que la ville entière est témoin et tremble avec nous.

La déraison trahit notre fragile équilibre. Maya vacille la première, elle m'entraîne dans son mouvement. Nous roulons. Elle rit, claque ses mains sur ses cuisses dénudées. Fasciné, je la dévore, elle murmure à mon oreille, Stan, il faut glisser jusqu'au fond, pays de plénitude, si proche, nous l'atteindrons ensemble à force de morsures, d'abandon, de rage s'il le faut, d'entailles sur le cœur, une terre pour elle et moi. Viens. Elle me plaque au sol et me chevauche en rythme. Je lui dis de ne penser qu'à elle. S'appuyant sur mon torse, elle se redresse, Maya irradie, elle s'oublie.

La lumière vive du soleil d'hiver filtrée par les nuages se répand très haut et s'étale en touches grises dans l'immense clair azur. Je distingue à peine le dessous de ses seins libérés, notre royaume est là, tout près, elle s'offre et m'invite. Mon amante interdit toute hésitation, une buée épaisse s'échappe en flots réguliers de sa bouche et de ses narines, ses chairs se serrent et se dilatent, soubresauts désordonnés, ongles qui pénètrent ma poitrine jusqu'au sang lorsqu'elle envoie sa tête en arrière, le monde se résume soudain à son visage qui revient rapidement vers moi. Elle s'effondre, abandonnée, respiration saccadée au moment où le plaisir envahit nos gorges, il nous surprend lorsqu'il devient prodige et jaillit de son ventre pour unir nos cuisses et nos pubis dans une même source.

De nouveau le silence sous les tilleuls, la solitude, nous, immobiles, couchés au pied des arbres. Se délecter des dernières vagues de bien-être pendant que l'univers entre ses jambes vibre par légers à-coups incontrôlés et que le nectar y coule encore, j'en devine le parfum, des effluves enivrants, leur onctuosité m'inonde, elle s'introduit par mes pores.

Hier, tard dans la nuit, Clémentine, Pascal et moi sommes arrivés dans la vallée à bord de notre camionnette. L'accueil des organisateurs a été chaleureux, ils nous ont installés dans la maison d'une vingtaine de mètres de long, anciennement prévue pour les activités en plein air des organisations de jeunesse de la République démocratique allemande. C'est là que nous allons bientôt donner notre concert. Le réfectoire du rez-de-chaussée a été transformé en salle de spectacle, les dortoirs du premier étage en chambres et en loges pour les artistes. L'architecture du bâtiment est banale, angles droits, toit carré, des murs gris et sales. Sur la façade avant, en lettres rouges et noires, sans fantaisie ou autre souci esthétique, des graffitis tagués à la bombe : des menaces de mort, de violents slogans hostiles aux étrangers et aux demandeurs d'asile. L'ensemble tranche avec la beauté et le calme que m'inspire la nature environnante. La rondeur des vallons au pied des montagnes, leurs versants abrupts couverts d'une végétation dense et touffue d'un vert éclatant en plein jour. La grâce des berges du ruisseau parsemées de gros rochers, tout autour un tapis d'herbes hautes, certaines ont été roussies par le soleil, ici et là des fleurs jaunes, blanches, rouges ou violettes, un bouquet coloré que je distingue encore malgré le voile bleu de la nuit qui commence à s'étendre.

L'horizon s'assombrit. J'aperçois Pascal, torse nu, penché vers l'extérieur d'une des cinq lucarnes sous le toit. Il fait de grands gestes dans notre direction, je suppose qu'il essaie de nous dire quelque chose mais sa voix ne porte pas assez loin. Il semble agité. Je l'observe, il a tellement changé depuis sa venue à Berlin, une vraie métamorphose.

En France, Pascal habitait seul avec ses parents le deuxième pavillon dans un lotissement neuf en périphérie d'un gros village de l'arrière-pays francilien. Une bâtisse conçue sur le même modèle que des centaines d'autres dans la région, un étage sous le toit triangulaire en ardoise, une haie de troènes derrière une barrière verte en métal, un garage sur le côté ; dans le jardin rectangulaire en face de la salle à manger ouverte sur une baie vitrée, une table et deux chaises en imitation bois. Une vie rangée, à chaque jour suffit sa peine. Les courses pour la semaine en famille tous les samedis après-midi dans l'hypermarché au cœur de la galerie marchande à quelque douze kilomètres de leur domicile, un en-cas sur une table en plastique du fast-food avant de prendre la route, surtout rentrer à temps pour dîner et ne rater ni les informations télévisées ni le programme du soir. Sa mère, effacée et dévouée, une vie entière aux fourneaux et au ménage, femme au foyer modèle.

Déjeuner le dimanche en compagnie de Mélanie, sa sœur aînée, ma compagne à l'époque. J'arrivais avec elle, main dans la main, à treize heures précises pour ne pas incommoder le père très pointilleux sur la ponctualité. L'automne et l'hiver le repas se prenait non loin de la cheminée sur la lourde table en chêne offerte par la grand-mère. L'été, la famille s'installait sur la petite terrasse au revêtement aspect teck posée par le père et le fils devant le cerisier. Nous allions tout habillés de frais au rendez-vous dominical avec ordre de rester à table jusqu'aux cafés servis sur un plateau d'argent.

Après de brèves études de comptabilité, indécis dans ses choix, Pascal avait fini par suivre les conseils paternels pour devenir comme lui employé de banque, cheveux coupés sans excentricité, les oreilles dégagées. Faire bonne impression derrière le guichet, la cravate discrète, bien ajustée sur la chemise blanche ou bleu clair sous veste noire, parfois grise, jamais les mêmes d'un jour à l'autre, correct et propre sur lui du mardi au samedi. Au bout d'un an, Pascal se félicitait de connaître parfaitement les meilleurs placements selon la conjoncture économique, l'état du marché et la complexité des produits financiers les plus avantageux.

Une fois autonome, il avait continué à vivre avec ses parents, car de l'avis de sa mère, il gagnait à s'épargner un loyer, hors de prix au demeurant, il économisait ainsi une bonne partie de son salaire. Cela lui permettrait plus tard d'obtenir plus facilement un emprunt lorsqu'il faudrait s'installer durablement avec une femme aimable et aimante. Acheter, devenir propriétaire pour fonder un foyer.

À cette époque, Pascal me faisait parfois part de son ennui. Il m'avoua un jour son immense passion pour la musique et surtout pour la basse et la contrebasse. Féru de blues, de reggae et de jazz, il jouait au retour du travail avant le dîner, et des heures entières pendant le week-end, ce qui mettait à l'épreuve la bienveillance maternelle. Sa mère était effrayée à l'idée qu'il ait un jour la très mauvaise idée de s'y consacrer à plein temps et de sombrer par là même dans une existence à la moralité douteuse, distendue et précaire ; qu'il devienne un saltimbanque errant de bar en bar ou un artiste maudit, un raté arpentant sans relâche les rues mal famées des villes ou, pire encore, réduit à faire la manche guitare à la main dans les couloirs du métro parisien. En bon fils obéissant, Pascal obtempérait en se gardant bien d'hypothéquer l'avenir que l'on avait tracé pour lui, s'adonnant en secret à ses notes adorées, ses airs favoris, seul à goûter aux enchantements de la transe mélodique, à se consacrer sans modération à l'ivresse du rythme.

Afin de lui donner la possibilité de sortir rencontrer d'autres musiciens et peut-être pour plaire un peu plus à Mélanie en renforçant les liens avec ma belle-famille, je lui proposai de m'accompagner lors des jam-sessions et autres modestes concerts auxquels je participais en tant que chanteur et guitariste dans de petits cafés ou des salles de spectacle des maisons des jeunes et de la culture.

De mon côté j'enseignais l'allemand à des adolescents indisciplinés, bruyants et pas intéressés dans un collège difficile à une dizaine de kilomètres de la capitale. Travail pénible. En contrepartie de cette activité dont le sens m'échappait de plus en plus, je bénéficiais d'horaires allégés et, surtout, de la sécurité de l'emploi. Mélanie et moi avions décidé de nous mettre en ménage en proche banlieue, attirés par la politique urbaine d'une des nombreuses villes nouvelles avec accès rapide aux attraits de Paris grâce aux trains express régionaux. Un cadre de vie agréable, presque campagnard, avec un lac artificiel bordé d'arbres et de roseaux sur lequel nageaient en toutes saisons des cygnes et des canards. De grands espaces verts pensés par de très compétents services d'aménagement, écoles maternelles et élémentaires à proximité, prêtes à recevoir notre progéniture à venir. Sans oublier notre place de parking garantie, prix inclus dans celui de notre maisonnette alignée à une trentaine d'autres identiques. Pour compléter le tableau, j'avais offert un chat tigré à ma promise, supplément à nos bagues de fiançailles en or blanc. Jusqu'à notre séparation, mes amis et mes parents me félicitaient et adoraient nous rendre visite, répétant inlassablement que nous avions tout pour être heureux.

Je ne leur avais jamais clairement dit que la bonne humeur de Mélanie s'était détériorée au fil du temps sans que j'y prête vraiment attention. Je leur avais caché le manque de saveur de nos jours prévisibles, bien rangés, le train-train quotidien. Elle m'avait connu un peu plus fou et rebelle avec ma guitare et mes chansons d'amour lors de pique-niques entre copains… Jamais nous n'avions su parler ouvertement de notre sexualité. Elle me regardait mal faire sans dire un mot. J'étais tellement intimidé que j'en perdais mes maigres moyens, je n'osais plus. Elle avait commencé à se refuser sans s'embarrasser de prétextes. Certains samedis soir, un peu éméchée, elle acceptait mes avances au retour d'un repas bien arrosé chez des amis communs, comme s'il lui fallait boire pour supporter mon désir. Aux concerts que nous faisions Pascal et moi, Mélanie ne venait plus depuis longtemps, elle soupirait. Toujours pareil, disait-elle, irritée de voir toutes les semaines les mêmes idiots, artistes musiciens suffisants, étriqués dans leur petit milieu. L'ange sauveur de couple, s'il existe, n'a jamais trouvé le chemin jusqu'à nous, laissés en plan dans une voie sans issue. Mélanie, comme un rêve qu'on oublie. Je sais aujourd'hui que nous ne nous sommes jamais aimés. Nous étions unis par conformisme et convention pour vivre comme tout le monde à défaut de croire en nous ou d'oser prendre notre courage à deux mains, assumer les risques et l'insécurité. Écrire notre propre histoire, ses succès, ses échecs, avec enthousiasme et appétit. Et surtout ne pas dépendre de l'adhésion d'autrui pour mesurer l'intensité de notre bonheur. Je me souviens des soirées ennuyeuses en tête à tête à nous raconter la platitude de nos journées de travail. Les nuits au repos rachitique où, exténuée par le labeur quotidien, les factures, Mélanie, enveloppée dans ses pyjamas à l'odeur de lessive et d'adoucissant, dormait en tournant le dos à mes tentatives d'étreintes passionnées, me laissant seul à ruminer cette aigreur qui devint une habitude. En vérité je vivais absent, craintif, loin de moi. Notre union se traînait laborieusement en discussions pénibles et houleuses plusieurs fois par semaine, peu de ravissement et de paix. Les heures monotones à débattre des remboursements et des traites à venir, car l'argent ne suffisait jamais. Il nous avait enchaînés, avilis. Il s'était mû en principal sujet de nos échanges et avait finalement pollué notre intimité. Nous réglions les affaires courantes, elle me disait de ne pas m'inquiéter.

Puis un beau jour il y eut ce danseur professionnel, Juan ou quelque chose comme ça, j'ai préféré ne pas retenir ce prénom qui a sonné le glas de mes illusions. Un Brésilien qui la faisait énormément rire et voulait l'emmener trois semaines à l'aventure en Amazonie. Bien sûr elle se chargerait d'apprendre la nouvelle à ses parents. J'imaginais qu'avec lui l'amour ne se faisait pas dans le noir complet et le silence brisé de faibles soupirs. Elle est partie en me consolant : intelligent comme j'étais, je finirais bien par trouver quelqu'un.

Je l'imaginais pieds nus fouler le sol de pays recouverts de plantes vertes, de fleurs multicolores, d'une flore luxuriante, impressionnante de beauté, des contrées merveilleuses baignées du soleil le plus doux, des étendues accueillantes et fraîches où il fait bon vivre, des plages calmes sur les berges d'un fleuve aussi large qu'un lac, une lumière tamisée embrassant l'horizon… Des endroits extraordinaires que j'aurais adoré découvrir avec elle.

Mélanie était partie, créant un vide encore plus vaste autour de moi, rien ni personne pour câliner ma peine, exilé que j'étais des images délicieuses. Un être en phase de démantèlement, les désirs en suspens, stoppés net, égarés, brisés, le goût de rien.

Puis j'ai rencontré Maya, ma Berlinoise, comme une femme passe dans la rue, s'arrête et me sourit. Une magie qui a guéri les plus douloureuses de mes plaies, m'a permis d'oublier qu'un jour mon cœur s'était brisé m'abandonnant en morceaux épars, dispersés vers nulle part. Maya, pour chasser à jamais cette impression de tourner en rond, de mal-être et d'ennui. J'ai été contaminé par l'énergie dans son regard rempli d'espoir, surpris par cet élan nourricier qui m'a rendu la foi en l'avenir alors que j'avais attendu sagement le début des vacances de Noël 1989 pour aller voir le mur de Berlin comme on s'empresse de visiter un musée qui va bientôt fermer ses portes… Berlin la généreuse m'a tendu la main pour m'offrir le Graal et, là où un peuple s'était levé, j'ai découvert un sortilège noisette, gris et bleu.

Pascal, avec qui je m'entendais de mieux en mieux, avait proposé de m'accompagner là-bas vers l'histoire en marche, provocant un terrible courroux paternel. Car il fallait se méfier de ces révolutionnaires du dimanche, disait le patriarche. On l'avait tous constaté à la télévision l'été d'avant sur la place Tienanmen à Pékin, lorsque les revendications démocratiques s'étaient tues sous les chenilles des blindés de l'armée du peuple, laissant derrière eux des étudiants étendus à jamais sur le sol de la capitale de Mao.

Pour une fois Pascal avait tenu tête à l'autorité de son père qui, hors de lui, avait tout essayé pour empêcher son départ. Il prédisait des jours sombres à Berlin l'insolente, car selon lui la riposte violente, rapide et sans appel de l'armée soviétique était imminente afin de rétablir le vieil ordre.

Je serais curieux d'assister à leurs retrouvailles, Pascal avec sa coupe hirsute, sa barbe, son blouson de cuir craqué, ses jeans très serrés, rapiécés par endroits, vêtu du gilet en peau de mouton dont il ne se sépare que rarement. Ses parents tomberaient à la renverse s'ils imaginaient une seconde que sur leur fils coincé dans une vallée au milieu de rien plane la menace d'une attaque de néonazis, dans le genre de celles qui ont vu mourir trois jeunes hommes depuis décembre 1990.

La panique qui se lit sur le visage livide de Clémentine m'arrache tout à coup à mes réflexions. Encore plus pâles que d'ordinaire, ses traits se crispent, la mâchoire serrée, elle avale péniblement sa salive. Je regarde derrière moi. Comme elle, j'aperçois les lueurs blanches de deux puis de quatre phares qui pointent en haut de la route menant à la vallée. La peur m'envahit à mon tour, le sang se met à battre fort dans mes artères, mes genoux tremblent. J'essaye de me faire violence pour me ressaisir, oublier, ne pas succomber à l'affolement. Si c'est le drame qui s'avance vers nous, il me faut absolument revivre l'émerveillement peut-être pour la dernière fois. Me concentrer. Je m'évade pour me retrouver à la station de métro Kottbusser Tor, le 31 décembre 1989.

Une atmosphère spéciale régnait dans la ville ce jour-là. Une multitude d'hommes et de femmes de tous âges sortait des appartements pour se mettre en mouvement. On avait l'impression que Berlin ouvrait grands ses bras et nous invitait tous à une gigantesque fête. On se congratulait jusqu'à s'égosiller en un seul chœur accompagné par les coups de klaxon d'automobilistes qui envoyaient des baisers de leurs mains, des vœux de bonheur et de bonne santé. Une clameur de joie montait, enflait dans les boulevards saturés de monde, le Ku'damm ne désemplissait pas, les bouchons de bouteilles de champagne et de mousseux sautaient les uns après les autres, sur Unter den Linden, autour des brèches ouvertes dans le mur, sur les toits des immeubles desquels on pouvait contempler la ville illuminée, l'onde d'enchantement venue de la foule inondait les rues, les parcs, les cours intérieures des immeubles, le pouls géant de la ville accélérait, l'adrénaline se bousculait dans les veines, Berlin jubilait, une ardeur irrésistible s'immisçait dans les cafés, dans les discothèques et surtout dans les têtes enivrées par les récents changements annonciateurs de jours vierges et fertiles après des décennies de carcan et de division, une nouvelle histoire à écrire. Berlin débarrassée de ses chaînes de béton armé. Persuadées que ces réjouissances de la Saint-Sylvestre auraient un goût particulier, des hordes surexcitées envahissaient les artères principales, motivées par l'idée de donner à cette nuit un caractère unique, un réveillon qui resterait dans les mémoires.

Ce soir-là je ne pensais qu'à une chose : retrouver Maya. Je me revois vérifier frénétiquement notre itinéraire sur mon plan de métro pour ne rater en aucun cas la station qu'elle m'avait indiquée. Pascal me taquinait en insinuant qu'elle pourrait m'avoir posé un lapin. Mon excitation était à son comble au sortir de la rame. Maya nous attendait sur le quai près du box de l'employé en uniforme bleu qui ordonnait la fermeture des portes. Son sourire était pourpre, radieux. Troublé, je me suis avancé vers elle, des fourmis dans le ventre. J'ai progressé doucement. Les secondes défilaient plus lentement que d'ordinaire, prélude aux heures qui sont restées gravées dans ma mémoire. Un rêve éveillé. Les images fusaient. Une cascade dans ma tête, une nuit de feu et de folie sur la Oranienplatz, elle et moi enlacés, bousculés au milieu de la chaussée. Le chaos de la rue, la noirceur des fumées, l'orange et le rouge des poubelles en flammes se reflétaient sur ses pupilles, elle pleurait et ses larmes donnaient aux couleurs un aspect irréel. Les paupières grandes ouvertes après avoir frotté nos yeux irrités par les gaz lacrymogènes, nous nous embrassions, tourbillonnions en une valse torride, moite, l'air froid sur nos lèvres, joue contre joue. J'ai mordillé son menton, sa bouche a disparu au creux de mon cou. Autour de nous des sirènes, des coups, des hurlements, la chasse de la police antiémeutes, des courses effrénées sans but apparent, l'affolement, l'impertinence de jeunes gens cagoulés, l'âme de Berlin soulagée de son mur se dressait dans un sursaut de rage ou de joie incontrôlée, beaucoup de confusion. Mais ce n'étaient que des ombres pour moi qui, timidement, renaissais aux côtés de Maya. Elle était là, blottie dans mes bras. Mes doigts s'aventuraient sous son habit.

Les bruits de détonations l'avaient effrayée, sans doute des pétards ou des feux d'artifice, elle et moi debout l'un contre l'autre dans l'épicentre du fracas, entre les fourgons, les bottes, les boucliers, les casques de moto, les écharpes devant la bouche. Égarés au milieu de la liesse qui dégénérait en violences de rue. Je nous savais invisibles au monde et à la révolte. Vingt-quatre heures que nous nous connaissions, et nous étions comme un cri parmi tant d'autres slogans. Qu'adviennent des temps nouveaux ici, ailleurs, partout, et surtout que l'on s'aime.

Timide, Maya me l'a murmuré à l'oreille dans un souffle, puis elle a frissonné. J'avais l'impression qu'elle déraisonnait. J'avais trop chaud. La fièvre bouillait et roulait dans mon cœur. J'avais faim de sa bouche. Je l'ai serrée contre mon corps, nous avons entamé un ballet langoureux de nos cuisses qui se collaient, nos bassins s'encastraient dans le frottement de nos manteaux d'hiver, je me suis affolé. Ensemble nous avons chaviré. Je voulais la greffer sur ma peau, l'y laisser croître et fleurir, me fondre en elle afin que nous nous unissions à jamais. Je me sentais prêt à commettre des folies au nom de Maya. Elle a dit : l'amour, le vrai, c'est le sang des merveilles, un pays, le rivage salutaire des écorchés vifs, un havre de paix. Son regard de chat scintillait.

Un peu plus tard la danse, la discothèque sur trois niveaux, Maya m'a emmené au sous-sol, la salsa dans les oreilles. Elle a rejoint le centre de la piste et s'est mise à frapper le sol, ses cheveux ondulaient dans l'air, son corps balançait en rythme, un signe de ses longs doigts secs dans ma direction. Je restai immobile. Je me délectais à distance de ses mouvements. Elle s'est approchée, odeur sucrée de rhum brun sur sa bouche, intempérie charmante quand elle a pris mes lèvres les yeux fermés, les miens étaient grands ouverts. Je n'ai rien raté de cet instant. Un séisme qui faisait du bien. Sans dire un mot. Je la sentais très émue, j'espérais qu'elle percevrait les battements de mon pouls contre sa poitrine. Maya s'est éloignée en lançant un cri de corrida, une ambiance incroyable, le délire, elle insistait, je l'ai rejointe.

Maya toupie autour de moi, un autre baiser, nous fusionnions, son dos collé à mon ventre, la tête en arrière posée sur mon épaule, sa lourde chevelure noire et bouclée s'étalait entre mon cou et ma clavicule. Son parfum et le contact chaud de sa cambrure attisaient mon désir. Le va-et-vient enivrant de ses fesses de la gauche vers la droite de mon bassin. J'avais très envie d'elle. J'accompagnais la course fluide de ses hanches sans pour autant la contraindre. Maya liberté s'échappait de toute entrave. Elle reprenait le refrain de la chanson au creux de mon oreille, nous accordions nos mouvements au gré des contretemps de la section rythmique et des solos de percussions. Maya s'est postée à portée de mes bras, j'ai effleuré sa cuisse, nous essayions de coordonner nos gestes, je l'ai attirée contre moi, une main dans son dos, l'autre au creux de la sienne, enlacés, nous virevoltions, elle riait l'œil malicieux. Sa jambe s'égarait parfois entre les miennes, une chorégraphie érotique improvisée, je la propulsais en avant, Maya éblouissante. Je la ramenais et la serrais très fort, une longue étreinte gourmande. Elle et moi avides d'explorer nos corps, tout se passait si vite, nous étanchions nos soifs sans retenue. La foule compacte autour de nous créait une alcôve intime, je tenais la taille de Maya sous ses habits, elle caressait la base de ma tête, plaquait son ventre contre le mien et respirait en cadence. La musique ne s'arrêtait pas, j'avais même l'impression qu'elle accélérait, accentuant l'excitation. La sueur perlait sur la peau brune de Maya, surface imperméable où glissaient les gouttes avant d'humidifier ses vêtements, une odeur forte s'échappait de l'échancrure de son décolleté tendu par sa poitrine. Je m'en emplissais les poumons comme on s'abreuve d'un vent revigorant, nous étions heureux, fous.

Au matin, Maya marchait doucement la tête sur mon épaule, nous trébuchions parfois, elle me susurrait de tendres déraisons. Son souffle mouillé brûlait contre ma tempe, j'ai accepté d'aller chez elle. Pascal ne protestait pas, on lui trouverait bien un endroit pour dormir. Il bâillait en titubant à nos côtés en direction du métro, çà et là d'autres couples enlacés, des petits groupes fatigués, bonnet sur la tête et menton enfoncé dans l'écharpe. Les trottoirs étaient jonchés de restes de pétards et de fusées, de tessons de bouteilles et, sur le siège d'une voiture calcinée, la lueur incandescente d'une minuscule flamme. Engourdie, encore un peu saoule, Berlin aussi avait le vertige et tardait à s'assoupir aux premières heures de la nouvelle année.

Dans les jours qui suivirent, la fête a continué dans l'appartement de Maya, un duplex dont elle partageait le rez-de-chaussée avec Clémentine. Tout l'immeuble était squatté, les habitants s'étaient organisés en communauté. Je dormais avec Maya dans sa chambre, qui lui servait aussi d'atelier, Pascal occupait le séjour. Pendant que Maya m'emmenait avec elle à Dahlem ou ailleurs dans Berlin, Clémentine, qui s'entendait bien avec Pascal, lui faisait visiter la ville. Le temps passait et, plus la date de nos billets retour approchait, plus il était clair qu'aucun de nous ne repartirait plus ; il nous était impossible de rompre la beauté de notre merveilleux envol. Nous agissions comme si rien ne pouvait venir contrarier le charme de ces moments-là.

Ma décision fut prise l'avant-veille du jour fatidique, au sortir d'un concert de reggae à la TU Mensa, donné par un groupe d'amis de Clémentine. Pascal, un peu stone, s'est approché de moi au bras d'une jolie rousse au nez percé. Il m'a dit qu'il allait rester, au diable la banque et les nœuds de cravate. Sa vie était ici à Berlin, advienne que pourra, la ville l'avait adopté. Maya, de dos, félicitait les musiciens en compagnie de Clémentine. Je me suis avancé vers elle, un peu nerveux, pour lui annoncer qu'il m'était insupportable de m'éloigner d'elle, j'avais besoin de continuer à vivre ici sur mon nuage.

Pour fêter ça nous sommes allés danser toute la nuit au club Abraxsas sur la Kantstrasse : soul américaine, reggae, rythmes du Brésil et d'ailleurs. Maya adorait cet endroit où sa peau brune héritée de son père cubain lui permettait de se fondre dans la masse du public.

Elle passa la soirée à me sauter au cou et réussit même à convaincre le DJ de couper la musique pendant trente secondes pour annoncer la nouvelle à toute l'assistance. J'étais bien sûr ému, flatté, fasciné aussi par son audace et sa spontanéité et, comme au premier jour, je savourais. Ce soir-là, Clémentine aussi est sortie de sa réserve en criant des hourras. Pascal, qui avait échangé sa conquête rousse contre une brune, ne quittait plus le centre de la piste.

Nous avons rapidement compris que nous n'aurions aucun problème à trouver un logement. En ces jours de changement et de joyeux chaos, des quartiers entiers de Berlin ressemblaient à une friche, des places à prendre. Beaucoup de connaissances de Maya investissaient des appartements vides, le premier venu pouvait s'y installer sans formalités et sans loyer. À vrai dire, la perspective de devenir squatteur ne nous enchantait pas Pascal et moi, sans doute des restes de notre éducation, ou tout simplement la crainte d'aller trop loin et de nous perdre complètement... Nos vies basculaient mais nous avions tout de même besoin de points d'ancrage.

Malgré les reproches et l'incompréhension de Maya, nous avions opté pour un trois-pièces, deux chambres et un salon, salle de bains et toilettes sur le palier, à Charlottenburg. Pour Maya, incrédule, ça n'avait pas de sens de s'enterrer dans un coin bourgeois et excentré. Il nous faudrait une bonne demi-heure de métro pour nous voir ; et puis pourquoi habiter si loin du cœur de la ville en permanente effervescence ? Maya souhaitait voir notre couple évoluer dans l'épicentre du changement. Elle ne semblait pas réaliser combien, par amour pour elle, j'étais en train de chambouler ma vie. J'avais honte de lui dire que signer un bail me rassurait, un peu peur de paraître moins vaillant à ses yeux et de mettre nos différences au grand jour… Malgré le chauffage au charbon, j'ai tout de suite été séduit, d'abord par le grand appartement très haut de plafond, ensuite par les chambres dont les fenêtres donnaient sur des cours intérieures reliées par un porche qui servait de garage à vélos. Les tons ocre de l'immeuble avaient pâli avec le temps, il datait du début du XXe siècle et serait bientôt rénové, ce qui nous garantissait un loyer particulièrement bas.

Après avoir découvert les alentours, j'ai vanté à Maya la beauté et la quiétude du quartier entre le château de Charlottenburg et la Sophie-Charlotte-Platz, les petites boutiques, les magasins de fripes, les nombreux cafés, une enclave, un village tout près du centre-ville. Je lui ai pris les mains pour imaginer avec elle les promenades que nous ferions plus tard autour du petit lac de Lietzensee ou dans les dédales des jardins du château. Je suis parvenu à la calmer. Encore un peu boudeuse et déçue, Maya a reconnu que, finalement, l'important était de me voir rester auprès d'elle. Tant pis pour moi si je préférais m'enterrer chez les bourgeois… Pour se faire pardonner sa mauvaise humeur, Maya me promit de m'offrir sa bicyclette. En retour, je lui assurai de venir me glisser sous ses draps aussi souvent qu'elle le voudrait, le corps trempé de sueur d'avoir pédalé longtemps et très vite pour la rejoindre.

Mes premières semaines de vie à Berlin m'ont laissé l'impression d'une existence menée tambour battant, sans trêve, le souffle toujours haletant, une cadence folle, des sorties nocturnes quasi quotidiennes dans les bars enfumés, dans les clubs, les salles de concert, et surtout ce flot continu de mots d'amour. Les plus beaux étaient ceux que Maya me murmurait au beau milieu des nuits froides de février quand la torpeur de son corps presque endormi cherchait instinctivement le mien. Des matinées à piquer des fous rires interminables à cause de ses sous-vêtements bon marché qu'elle portait pourtant à merveille, et elle se vexait un peu quand je la taquinais en les appelant ses "culottes démocratiques". J'étais convaincu d'avoir tout le temps d'une vie pour elle. Quand arriva le mois de mars, j'ai prié pour que se multiplient les jours de pluies glacées qui nous dissuadaient de sortir, nous restions des week-ends entiers collés l'un à l'autre sous les draps.

Quand les cieux s'éclaircirent peu à peu au printemps, Maya voulut profiter des premiers rayons de soleil pour se remettre à peindre. Seule cette lumière, disait-elle, lui permettait de retrouver sa puissance créatrice. Couché sur le matelas, je la contemplais tandis qu'elle faisait chanter les formes et les couleurs sur ses toiles, munie d'un pinceau, d'un couteau ou simplement de ses doigts, parce qu'elle affirmait que la peinture, affaire de sentiments et de chair, réclamait la totalité de son être.

Maya y travaillait des heures, une semaine s'il le fallait, obstinée par ce que lui disaient les figures qui se révélaient sous l'action de ses mains. Elle instaurait ainsi un dialogue, une immersion au plus profond d'elle-même qui se cherchait des tons et des contours de plus en plus précis. Il lui arrivait souvent de pleurer une perte, un adieu à jamais, lorsque enfin le tableau était achevé. Elle vivait l'aboutissement du processus de création comme une ablation de son cœur et de son cerveau. Une partie d'elle-même arrachée de son être qui l'observait fixement depuis le mur.

Nous nous sommes rendus quelquefois à des vernissages d'artistes plus ou moins connus car Maya voulait s'informer, se mettre à la page de ce qui se faisait à l'Ouest en matière d'art. Elle a fini par haïr ce genre de manifestation, et j'ai distingué pour la première fois un voile d'ombre sur l'éclat de ses yeux vairons, un accès de colère. Clémentine qui nous accompagnait boudait dans un coin tant elle s'y ennuyait. Les rares fois où Pascal fut présent, il en a profité pour boire à l'œil et draguer qui se présentait à lui.

Maya pestait, furieuse contre les visiteurs superficiels et ventrus, pédants, leurs fades discours jargonneux de pseudo-connaisseurs des arts et des lettres, pique-assiettes intéressés avant toute chose par les petits fours, l'abondance du vin ou les coupes de mousseux. Pour elle, ce n'était qu'un ramassis d'hypocrites venus passer le temps ou trouver un prétexte pour se prévaloir d'une sortie culturelle supplémentaire. Maya, artiste sans compromission, imaginait une exposition commando organisée autour d'un passage obligé par de minuscules cabines renfermant chacune de ses œuvres et une simple chaise, afin que l'on soit contraint d'apprécier le travail du créateur à sa juste valeur avant de profiter du buffet.

Rebelle Maya, en quête de profondeur et d'authenticité, ne supportait pas les faux-semblants. Je m'efforçais de lui recommander la mesure, qu'elle fasse le vide de temps en temps, qu'elle prenne de la hauteur, un peu de détachement. Je souriais en lui demandant d'oublier les idées folles qui risquaient d'effrayer d'éventuels clients et de l'isoler. J'ajoutais qu'elle gagnerait à s'adapter au monde et à laisser le public venir à elle, au fond tout cela n'était que représentation, ni elle ni personne n'y changeraient rien.

Je la mettais hors d'elle, indignée, presque méchante, elle me trouvait décevant, artificiel. Maya considérait mes appels à la modération comme autant de capitulations. Agacée, elle m'a demandé de la suivre un jour dans les rues de Prenzlauer Berg à Berlin-Est. Elle a posé ses mains sur mes joues pour me forcer à regarder les immeubles délabrés, leurs façades encore grêlées d'impacts de balles, vestiges des derniers combats contre le nazisme en mai 1945. Elle m'a dit que bientôt ces murs seraient repeints, leur passé effacé, tout comme le souvenir des femmes et des hommes qui y étaient morts et celui de celles et ceux qui plus tard y avaient partagé des appartements autoritairement distribués par la démocratie populaire. Les heures qu'elle passait enfermée dans son atelier depuis des années, ce n'était pas pour perdre son temps ou faire du commerce. Sa peinture, elle voulait qu'elle soit un art de combat, de dénonciation de l'arbitraire, un hommage à la mémoire des souffrances avant l'oubli. Une fois sa colère passée, nous sommes restés debout sur le trottoir, face à face, muets. Je n'avais rien vu venir et me sentais inutile, superficiel. Nous étions Maya amazone et Stan contemplatif, hébétés à l'idée de nous être disputés, alors que nous nous étions juré d'apprendre à nous respecter sans jugement ou volonté de nous transformer mutuellement. J'avoue que ce jour-là, je me sentais déjà prêt, s'il le fallait, à me faire lisse et soumis à tout ce qu'elle voudrait afin qu'elle conserve son allant et sa bonne humeur. Après quelques minutes de silence, nous nous sommes installés dans un café de la Kastanienallee pour discuter plus calmement. Un local alternatif assez sombre, illuminé surtout par des bougies posées un peu partout, que nous fréquentions volontiers la nuit. Installés devant une table basse graffitée dans un canapé noir du fond de la salle, là où le volume du heavy metal craché par les enceintes nous permettait de nous entendre, je crois me souvenir que nous avons commandé deux grands bols de chocolat chaud.

Maya a évoqué les palais d'Iéna laissés à l'abandon par le pouvoir communiste, répétant avec force que malgré tous leurs efforts pour faire table rase du passé, ni les socialistes ni personne d'autre d'ailleurs ne pourrait effacer le génie de Goethe et la fougue de Schiller qui continuaient à planer sur la ville, car, me disait-elle, l'art se fiche de plaire ou de déplaire dans l'instant. Il doit tendre vers toujours plus de justesse et ne jamais sombrer dans la compromission de l'apparence et du lucratif. Seule son inspiration lui dictait ses exigences et, s'il lui fallait des spectateurs ou des admirateurs, elle les voulait impliqués, conscients et pourquoi pas intelligents.

J'admirais cette gravité chez Maya, sa manière de ne rien négliger, de ne rien laisser au hasard, même si sa véhémence m'avait désarçonné. D'autant que, de mon côté, Berlin me donnait l'occasion de goûter enfin à la légèreté et à l'insouciance de l'existence. Je finançais mon quotidien avec ce qui me restait de mes économies d'enseignant. L'oisiveté m'allait bien. Il m'arrivait de travailler sur des chantiers ou de repeindre l'appartement d'une connaissance de Maya, au fond plus pour l'expérience que par absolue nécessité. Pascal et moi jouions de plus en plus de musique dans notre salon ou sur l'herbe des parcs du quartier une fois sorti de l'hiver. Ce qui en France n'avait été qu'un divertissement commençait à occuper une grande partie de notre temps. L'idée de nous lancer et de monter un groupe prenait doucement forme en ce début de printemps.

Dès le début de l'année 1990, après que fut retombée la première fièvre de la chute du mur de Berlin, des rumeurs d'émergence de groupuscules néonazis circulèrent dans les rues et de plus en plus souvent dans les médias sans que le malaise naissant ne perturbe l'optimisme ambiant. Maya m'en parlait quelquefois avec énormément d'inquiétude dans la voix. Il lui semblait irréel qu'une réminiscence aussi sombre du passé de l'Allemagne puisse voir le jour aux heures de la liberté retrouvée. La pauvre fut tétanisée, détruite, quand au mois d'avril, une troupe de skinheads envahit les rues de Prenzlauer Berg et descendit jusqu'à l'Alexanderplatz avec des slogans à la gloire du Troisième Reich et contre les étrangers. Ils célébraient l'anniversaire de Hitler dans l'espace public, une provocation sans précédent. Certains allèrent jusqu'à hisser un drapeau nazi au plus haut de la place, en entonnant en chœur des chants guerriers de la Wehrmacht. D'autres extrémistes profanèrent la tombe de Bertolt Brecht avec des inscriptions antisémites. Maya, incrédule, choquée, fut témoin de ces scènes d'épouvante devant le poste de télévision. Très concentrée, elle se décomposait en écoutant attentivement les commentaires du journaliste présent sur les lieux. Le sang avait quitté son visage, elle vivait un cauchemar, un séisme, ses mains s'étaient mises à trembler.

Assis à ses côtés, je n'ai certainement pas mesuré alors l'impact que ces événements avaient sur elle. Son rêve s'effondrait. Ce qui se jouait sous nos yeux la concernait personnellement, presque intimement, car ces hommes pleins de haine, que le commentateur disait venir de l'Est, auraient pu être ses voisins d'hier ou ses anciens camarades de classe, comme si le combat pour la liberté avait engendré des monstres : la haine raciale et l'intolérance.

Pour la consoler, je me suis montré affectueux en lui disant que le reporter exagérait un peu, peut-être ne s'agissait-il que d'une bande de jeunes surexcités en mal de reconnaissance, que leur ignorance concernant la réelle signification de tous ces symboles était flagrante, et qu'ils ne se rendaient pas compte de la gravité de leurs actes. On était loin de la guerre civile ou du retour à la terreur nazie.

Ce jour-là, Maya ne m'a pas raté. Subitement devenu le réceptacle de toute sa déception et de sa colère, j'ai dû l'écouter très attentivement. C'était moi le naïf, le complaisant, l'aveugle, le lâche sans conscience politique, tout juste bon à m'amuser avec mon ami Pascal le phallocrate, à rire, à boire et à lui faire l'amour à toute heure du jour ou de la nuit. Mon pauvre Stan, cria-t-elle, ce que tu viens de voir ne te suffit donc pas pour te révolter ? J'étais le lit d'insouciance sur lequel allait croître sans encombre la gangrène brune que je refusais de reconnaître, jusqu'à ce qu'il soit trop tard et que son contrôle soit total. Bien sûr j'argumentais, tantôt pour me défendre, tantôt pour la calmer, la ramener à la raison avec des mots tendres… Mais la peur devant tant de violence l'avait transformée en dragon, méchante, incontrôlable, terrible, dents serrées, poings fermés, air menaçant et yeux révulsés. Alors j'ai haussé la voix jusqu'à ne plus entendre que moi. Elle partit furieuse.

Je tentai d'oublier au plus vite les images de cet autre nous, celui qui, au fil du temps, revenait de plus en plus régulièrement. Nous nous déchirions et je ne trouvais pas d'issue dans le labyrinthe des tourments de Maya. Je ne comprenais pas, d'autant que, me semblait-il, le sujet qui nous opposait ne concernait pas directement notre couple. Les paroles haineuses détruisaient toute la beauté, nous nous traînions dans l'aigreur. Nous étions laids !

D'autres fois elle hurlait et j'étais dépassé par ses propos décousus. Je lui serrais les avant-bras en espérant en vain qu'elle se calme. Elle persistait, raide, irascible. Un déferlement d'invectives humiliantes s'abattait sur moi, un acharnement maladif. Maya ne savait pas me faire entendre son appel à l'aide, maladroite, elle m'entraînait dans la descente au fond du gouffre des malentendus. Les dialogues de sourds nous consumaient si intensément qu'ils nous anéantissaient. Et l'on chutait.

Nous perdions la raison. Où donc s'exilait Maya prairie dans ces moments de hargne ? Elle sanglotait sans pouvoir se ressaisir. Je suppliais, criais qu'elle était ma drogue, mon refuge, mais l'expression de son visage m'inquiétait. Tremblements, ses traits se tordaient. Elle s'échappait d'entre mes bras. Je restais là, tout près, sa crinière fouettait mon visage, elle me tournait le dos. Je me sentais alors seul, orphelin. Je l'adorais quand même dans ces moments-là. Je persistais, temporisais en attendant l'accalmie. Je voulais vivre de l'aimer du matin jusqu'au soir, goûter la magie de son corps, retrouver le délice incomparable de ses doigts qui frôlaient ma poitrine et s'y attardaient le temps de dessiner des lignes imaginaires.

Je lui rappelais les temps où nous nous identifiions à Berlin l'effrontée, accrochée fermement à son envol, à ses bouleversements. Quand nous endossions des ailes pour plonger dans l'insouciance, vêtus de nos habits de fête. Des hardes multicolores achetées à bas prix, jetées çà et là sur les étals des friperies ou nouées négligemment autour de ses reins, elle, roulant ses hanches au soleil sur les bords de la Spree au rythme d'un sound system jamaïcain, parfois allongée nue sur l'herbe d'une pente de Halensee, cheveux lâchés dans le dos. À l'image de la ville en pleine métamorphose, nous nous prenions alors pour une île exceptionnelle, rebelle et indomptable.

Maya et moi retournions voir le mur assez souvent, il s'agissait pour elle d'un rite, d'un recueillement. Elle se plantait devant et l'observait durant de longues minutes sans dire un mot. Un jour, je l'avais vue danser dans la poussière des ruines près de Mariannenplatz. Excessive, elle entendait réduire le béton en cendres avec des mouvements d'exaspération. Elle piétinait violemment, sans rythme mais toujours avec cette grâce, cette élégance. Elle s'était déchaussée et avait continué pieds nus, il m'avait semblé que sa tête basculait au ralenti tandis que son corps bougeait dans tous les sens, elle riait. C'était le jour où fut décidé de gérer raisonnablement les nuisances sonores produites par les marteaux et les pics surtout entre 13 heures et 15 heures, pour respecter les horaires de repos des travailleurs. La réglementation fut scrupuleusement respectée par tous. Maya s'y est aussi résolue. La révolution continuait mais en ordre rangé…

Elle a retiré son manteau et n'était plus vêtue que d'une robe légère, noire, qui dévoilait les lignes harmonieuses, molles et rondes de son dos. Elle s'est hissée sur un lambeau du mur côté Ouest, surplombant ainsi la quinzaine de mètres de la bande qui la séparait d'un reste de béton du pan côté Est. Là où quelques mois plus tôt l'ordre de tirer à vue sans sommation prévalait encore, Maya bouche bée observait une patrouille d'un genre nouveau. Une jeep frappée de l'étoile rouge, sur un des flancs un drapeau tricolore battait au vent, en son milieu un marteau, des compas entourés d'une couronne d'épis de blé, symbole de l'union des ouvriers, des agriculteurs et des intellectuels. Sur la banquette arrière un officier tête nue, sa casquette posée près de lui, cheveux au vent, affalé sur son siège. Une de ses bottes pendait négligemment par la portière de droite. Décontracté, il se pencha un instant puis se releva, une bouteille de Coca-Cola à la main. Il feignit d'en proposer à Maya, surprise, quelques mètres plus haut, elle n'en croyait pas ses yeux. Le chauffeur, large sourire sur les lèvres, déposa un baiser dans la paume de sa main puis le souffla vers elle, avant de lui dire au revoir du bout des doigts.

Les deux hommes s'éloignèrent dans la bonne humeur. Maya hésita entre le rire et les larmes, le soulagement et cette peur qui lui nouait le ventre depuis toujours. Enfin des traits humains, des expressions, de l'amitié, sur les visages et sous l'uniforme vert de cette armée qui lui semblait être une émanation prussienne d'un autre temps, sévère, inflexible, aguerrie à une discipline de fer. Des hommes très entraînés, élevés à la dure, cerveaux soulagés de tout état d'âme, aucune once de compassion pour leur prochain, une règle d'airain : l'obéissance aveugle aux ordres donnés et leur exécution rapide, précise et efficace.

Ensuite elle a pleuré, Maya. L'anxiété installée en elle depuis si longtemps rejaillissait comme ça, de temps en temps, un fluide amer dans ses veines. La peur injustifiée mais bien réelle paralysait ses membres. Je devais alors la prendre dans mes bras, la dorloter comme une enfant terrorisée. Elle me disait parfois ne pas réaliser qu'ils ne reviendraient plus jamais épier ses faits et gestes, les consigner ensuite dans un dossier, lui interdire de chanter, de s'esclaffer, de parler sans crainte. Dans ces moments-là, elle avait peine à croire qu'il avait totalement disparu, l'ennemi hier omniprésent, capable de frapper partout, à tout moment. Les taupes dissimulées dans les angles morts. La machine à contrôler les opinions, appareil tentaculaire huilé pour fonctionner à la perfection dans les moindres détails.

Et si la chute du mur de Berlin n'avait été qu'une chimère d'idéalistes naïfs, une vaste opération d'intoxication à échelle planétaire, orchestrée par la police politique ? Elle était capable de tout et ne reculait devant rien au nom de la sécurité d'État. S'agissait-il d'un nouveau piège machiavélique, d'une toile tissée par les exécutants zélés de la volonté du parti unique planqués dans leurs bureaux, engraissés à coups de privilèges matériels venus de l'Ouest, en vue de démasquer la contestation. Une torture de plus. Et si le gris revenait recouvrir son monde, avec lui cette puissante odeur de désinfectant dans les immeubles publics ? Était-ce bien la fin des files interminables devant les magasins d'alimentation pour quelques oranges à Noël, une heure pour un kilo de tomates, l'interdiction faite aux écoliers de posséder des effaceurs d'encre ou de lire *Mickey Mouse* ?

Je l'ai aidée à remettre son manteau et nous sommes rentrés à pied jusqu'à chez elle. J'aurais aimé qu'elle cesse de trembler, qu'elle sèche ses larmes et revienne à nous, mais ses peurs la propulsaient dans les abîmes d'un hier qui la faisait souffrir.

Elle gémissait, les parois du nez irritées et rougies. Nue dans son lit elle a retrouvé un peu de sérénité sous l'effet de mes caresses. J'ai posé des battements d'ailes de papillon sur son dos, sur l'intérieur de ses bras et promené mon index sur la peau très fine de ses poignets, de délicates pressions de mes pouces sur ses muscles tendus. J'y ai laissé couler un filet d'huile d'argan comme si j'enduisais la prairie brune de sa peau d'une fine couche de miel. J'ai massé ses tempes, ses orteils et la plante de ses pieds, approché mon corps du sien afin qu'elle se réchauffe et se détende. Apaisée, une incandescence s'est élevée de Maya, son regard s'est brouillé. Elle m'a remercié en picorant mes lèvres de sa bouche humide avec des claquements souples suivis de brèves succions.

Maya s'est arrêtée de peindre vers le mois de décembre, un an après notre rencontre. Sur son dernier tableau principalement composé de tons noir et rouge vif, intitulé *Contestation*, sans doute le plus triste de tous, déstabilisant, Maya mettait en scène ceux qu'elle nommait les deux avortons de la révolution de 1989. L'un, enragé, caché à l'arrière-plan, laid, habillé de bottes et d'une chemise brune, crâne rasé, écume à la commissure des lèvres, un regard plein de haine. L'autre, moins inquiétant à première vue, occupait le devant de la scène, beaucoup plus gras, saturé de couleurs vives, encombré de biens matériels, avide d'argent, des billets de banque débordant de ses poches, l'œil lubrique et froid.

Tout en bas des êtres sans bouche, l'échine courbée. On y distinguait des excroissances moroses comme accrochées aux pieds d'interminables colonnes de barres d'immeubles noyées dans une épaisse poisse grisâtre. C'étaient des silhouettes insignifiantes perdues en lisière du fond bariolé de couleurs fades qui rappelaient l'automne ou l'absence de clarté des jours ternes d'hiver. On les imaginait éreintées par les combats sans gloire du quotidien à la caisse des supermarchés discount. Des personnages qui croulaient sous le poids de la désillusion et des prix qui ne cessaient de grimper. Les anonymes pour qui la liberté ne servait pas à grand-chose car les moyens pour en jouir manquaient cruellement. Leurs lèvres étaient cousues, quelques-uns semblaient nostalgiques et rêveurs, les regards rivés sur une étoile rouge brisée qui gisait à leurs pieds dans une mare boueuse.

Maya y a passé des semaines et des nuits blanches, obsédée par cette toile. Elle ressemblait à un épouvantail avec sa coiffure défaite, bariolée de peinture séchée des cheveux jusqu'aux orteils. Épuisée, sans doute effrayée d'avoir arraché de ses entrailles tant de noirceur et de souffrance. Clémentine et moi étions, je crois, les seuls à avoir contemplé ce tableau de Maya. Nous l'avions surprise un matin dormant au pied du cadre de son œuvre dans la position d'un nouveau-né. Un sommeil agité, son corps pris de soubresauts nerveux dans la faible lumière de l'aube. J'étais très troublé par la violence de ses dessins, moi qui lui souhaitais un sursaut de légèreté. J'avais observé sa création comme on se pose une question difficile, dépassé que j'étais, et à vrai dire choqué, par la complexité et le désespoir qu'elle dévoilait à nos regards. Je l'interprétai sur l'instant comme autant de nœuds inextricables dans les pensées de mon amour.

Maya égarée, en orbite, loin des contrées magnifiques où il n'existait que nous, nos fous rires, son regard multicolore, génial, quand elle écarquillait les yeux, me fixait, avant de retirer sa culotte en la faisant glisser lentement le long de ses jambes.

Après cette dernière toile ce fut Maya chagrin. Peintre naufragée dans son atelier devant un tableau inachevé de deux mètres sur deux. Elle, vêtue de sa salopette en jean et d'un débardeur en coton blanc, les cheveux en bataille, la bouche sèche, les pieds nus au milieu des couleurs dégoulinant des tubes percés. Ses doigts barbouillés qui ne savaient plus trouver le lien avec l'inspiration. La fictive et artificielle intimité avec la création l'avait quittée. Les heures s'accumulaient, rien, des jours déjà. Dans ces moments de panne artistique, elle refusait de me voir ou de me parler. Maya ne tolérait alors que la compagnie de Clémentine qui lui apportait régulièrement de quoi boire et manger. Son absence me rongeait, je souffrais de la distance, elle en était désolée mais ne connaissait plus de mots rassurants pour me le dire. Elle me manquait. C'était atroce et l'amour se transformait en un tison ardent. La panique m'empêchait de penser et de vivre, elle me ravissait l'envie de dormir, le goût du rire et de la joie. Un tout petit signal m'aurait suffi, une parole, j'implorais, qu'elle me dise qu'elle m'aime.

Maya, aveugle, son obsession face à l'image qui refusait de prendre forme sous l'habileté de ses mains désormais tremblantes la rendait folle. Clémentine la surprenait au petit matin, prostrée dans un coin de la pièce qui m'était alors interdite. Mon amour se redressait péniblement, le visage défait, de larges traînées de larmes mélangées au mascara, un sanglot silencieux, seule à contempler ces objets inutiles qu'étaient devenues les extrémités de ses bras.

Elle avait confié à Clémentine le souvenir de sa première exposition publique là-bas à Iéna, à l'époque de la RDA. Ce fut tout de suite la censure, l'interdiction. S'ensuivit sa rage de résister à tout prix. Elle organisa des vernissages clandestins sur les murs des couloirs d'appartements d'amis opposés au régime dans sa ville natale ou à Leipzig. Maya évitait Berlin-Est qu'elle qualifiait de capitale des planqués, siège de l'appareil de l'État socialiste, lieu de résidence des contestataires nantis reconnus et souvent sollicités par des journalistes venus de l'Ouest mais qui, selon elle, s'étaient depuis longtemps déconnectés de la base des anonymes protestant dans l'ombre.

Maya avait développé son art résistant, une peinture excentrique aux couleurs criardes, un poing levé contre la grisaille et le contrôle des esprits. Des séries géantes de visages en délire ou tordus sous l'extase, à chacun des personnages un regard intense, illuminé, comme pour offrir des yeux à celles et ceux qui masquaient les leurs dans les rues à force de courber l'échine sous le poids des peurs et des interdits. Des trésors d'idées, une inspiration qui ne tarissait jamais, une créativité prolifique pour traquer et dénoncer le rouleau compresseur d'un régime à l'efficacité redoutable. En deux générations, il avait réussi à façonner et produire des femmes et des hommes dépossédés de leur libre arbitre. Tout un peuple pris en charge depuis l'enfance et modelé au fil des années à force de slogans et d'embrigadement au sein d'organisations en tous genres. Le régime totalitaire encadrait la pensée, supprimait la différence d'opinion par la répression. Il dissimulait la subversion derrière les barreaux, les hôpitaux psychiatriques ou par le bannissement du territoire national. Le but était d'uniformiser les comportements en créant un individu nouveau éduqué au marxisme-léninisme, docile à la bienveillance autoproclamée du parti unique, rigide, pétri d'autoritarisme depuis le jardin d'enfants.

Maya, révoltée, a commencé à trébucher après avoir participé à faire vaciller, et finalement tomber, le colosse d'acier tout puissant qu'elle croyait inébranlable. L'implosion du système communiste a éliminé l'objet de ses revendications. Son art était devenu orphelin de son meilleur ennemi, de sa colère et de son indignation. L'essence de son inspiration s'est dérobée sous ses pieds, elle tournait en rond et c'est elle-même qu'elle commençait à détruire.

Comme s'il manquait une cible, une raison d'être à son aigreur, à ses doutes et à ses peurs. La victoire soudaine avait avorté son élan nouveau, les regards neutres qui l'observaient depuis sa toile n'avaient plus rien à dire. Ils l'angoissaient. Maya, paralysée dans sa nouvelle existence. Elle avait la nausée. Aphone, elle s'épuisait. Ses errements creusaient un vide dans lequel grandissaient mes craintes. Ses larmes demeuraient une énigme qui me dépassait.

J'ai cru à tort qu'il suffisait de déployer des trésors d'imagination et de tendresse pour la satisfaire. Peut-être aurais-je dû simplement continuer à jouer mon rôle de spectateur tremblant mais assidu de ses colères. Il m'aurait fallu comprendre et accepter qu'au fil du temps notre histoire ne lui suffirait plus…

J'aurais aimé ouvrir grand la porte de chez elle, lui prendre la main pour que nous pénétrions à nouveau le monde comme au commencement. Encore une fois la joie, les virées dans ce café en sous-sol près de Rosenthaler Platz où des groupes inconnus nous faisaient danser toute la nuit entre les murs à nu, le désordre des tables, des chaises et des canapés récupérés dans les brocantes et les marchés aux puces. Des roses étaient accrochées au plafond sur des bandes de gaze jaunies par le tabac. Dans une main une cigarette, dans l'autre une bouteille pour deux, elle et moi enlacés. Et si nous retournions un dimanche d'été sur la colline noire de monde du Mauer Park sous la fournaise d'août, pieds nus sur le gazon, ventres à l'air, nos cerveaux au ralenti, bercés par l'ambiance paisible et affable du karaoké en plein air ? J'avais besoin de revivre la virtuosité de jouir, la surprise chaque fois dans les yeux de Maya lorsque de son ventre s'annonçait le prodige liquide, quand notre union devenait fontaine. C'était l'oubli de soi, la confiance mutuelle, le crépuscule du septième ciel.

La température baisse graduellement au fond de la vallée, la lumière aussi, une douce brise d'été se lève. Je m'attarde sur le tremblement des feuilles des arbustes qui bordent le ruisseau. J'ai dans la poche le mot écrit de la main de Maya pour m'indiquer le lieu de notre premier rendez-vous, les lettres sont presque effacées, mais j'aime les regarder de temps en temps. J'adore parcourir le papier du bout des doigts pour raviver le souvenir. Si Clémentine n'était pas si près de moi sur le pont, je le sortirais et le déplierais avant de le glisser entre mon pouce et mon index pour le caresser. J'ai l'impression d'être en suspens, absent. Le vent pique mon visage et rafraîchit ma peau, une sensation agréable. J'observe Clémentine lancer rageusement des pierres dans le courant afin sans doute de tromper la peur et de se galvaniser. J'essaye mollement de la rassurer. Elle n'est pas d'un caractère sanguin, d'ordinaire elle se calme assez vite.

Clémentine haussait parfois le ton lorsqu'elle émettait un avis ou un commentaire, quand elle s'interposait pour tempérer la violence d'une énième dispute entre Maya et moi. Elle prenait son air sérieux, sa voix claire tentait de distiller des avis raisonnables alors que l'heure était aux cris, aux larmes, enfermés que nous étions tous les deux dans le cercle vicieux du conflit qui perdait tout sens et se résumait à un échange d'insultes et de fiel. Pendant nos crises, Clémentine se mettait debout à l'entrée de la chambre, Maya était assise sur son lit, les deux mains jointes, serrées entre ses cuisses, le menton ramené sur ses genoux pliés, les bras autour des tibias, en pleurs. Elle se balançait convulsivement d'avant en arrière. Je leur tournais le dos face à la fenêtre au fond de la pièce, les poings dans les poches, effondré, déçu. J'écoutais Clémentine nous dire que c'était dommage tout ce gâchis, le temps perdu des amoureux qui s'enflammaient puis se déchiraient pour un rien, des détails au fond sans intérêt, un oubli, le ton jugé trop neutre d'un compliment maladroit. Les espoirs à fleur de peau. Les attentes démesurées qui ignoraient la patience, quand d'aimer trop fort l'on étouffait parfois. Elle nous rappelait simplement qu'il fallait profiter de chaque instant et du miracle d'être deux. Puis elle se taisait subitement. Je remerciais Clémentine pour sa patience et sa bienveillance à notre égard. Elle était témoin de notre relation depuis le début, de nos tensions, de nos incompréhensions. Elle savait aussi combien nous aimions notre histoire qui se conjuguait à la première personne du pluriel.

Pour nous permettre de nous réconcilier en nous laissant seuls, Clémentine a refusé de venir avec nous le jour de cette virée vers un lac au sud de Berlin aux temps merveilleux du début de l'été 1990. Maya m'attendait accoudée au toit de sa voiture avec son débardeur gris clair et un pantalon de toile fine rayé vert et blanc, fière de me surprendre en me présentant sa dernière acquisition : une Trabant. Vingt-quatre heures de négociations alors qu'il fallait attendre plus de dix ans du temps des communistes. Elle ne tarissait pas de commentaires sur l'auto achetée pour une bouchée de pain au père d'une de ses amies. Encore un salaud qui avait rapidement troqué sa vieille voiture de l'Est pour une grosse cylindrée dernier cri. Elle l'avait toujours soupçonné d'être une taupe de la Stasi, un de ceux qui avaient vite retourné leur veste et s'étaient adaptés du jour au lendemain au nouveau système, une conviction remplaçant l'autre. Un expert en art de se plier à la norme, quelle qu'elle soit, éviter à tout prix l'originalité. Maya aurait pu en vomir de dégoût. Mélancolique, absente un instant, elle rappela que les plus dangereux individus du système n'étaient pas les militants convaincus qui revendiquaient encore la République démocratique allemande comme une partie d'eux-mêmes, mais l'armée silencieuse des exécutants par conformisme, les opportunistes. Pour ceux-là, la chute du mur s'était résumée à une brèche ouverte sur la possibilité d'acheter de grosses voitures, de se payer les services des prostituées et de s'offrir des bananes. Je me permis de lui rappeler qu'elle ne regrettait pas non plus la piteuse qualité du papier toilette de l'Est et se réjouissait par exemple de ne plus avoir à appréhender les désagréments des serviettes hygiéniques de son adolescence, blocs épais et carrés qui ne collaient pas à la culotte, dont elle riait aujourd'hui…

Maya m'a accueilli en faisant de grands gestes avec ses bras, je l'ai serrée contre moi, sa poitrine lourde, ronde et chaude sur mon thorax. J'ai frémi à la délicate pression de ses mamelons sur le coton de ma chemise, sa lèvre inférieure déjà moite s'attardait sur mon cou. Elle a posé une grosse radiocassette sur la banquette arrière, elle n'était pas sûre que l'autoradio existe en option pour ce modèle. L'appareil massacrait ce qui ressemblait à de la folk américaine des années 1970, elle ne se lassait pas encore de jouir du droit de l'écouter et de reprendre les paroles à tue-tête même en pleine rue.

C'était l'enregistrement d'un vinyle offert par sa mère, un cadeau d'anniversaire qu'elle avait acheté sans connaître la chanteuse. La longue file devant un magasin, signe sans équivoque d'une affaire à ne pas rater avant la fin du stock, l'avait convaincue du bien-fondé de son acquisition.

L'intérieur de la voiture était exigu et inconfortable. Maya jouait la déchaînée, au moindre arrêt elle me happait la bouche et la libérait avec un claquement. Nous avons dépassé le rond-point de Kottbusser Tor et roulions sur la Kreuzberg express en direction du centre. Maya s'énerva au croisement de la Kurfuerstenstrasse. Fin juin cognait sur le bitume et des putes fraîchement débarquées des anciens pays frères socialistes, droguées, à moitié nues, racolaient les piétons et les automobilistes immobilisés au feu rouge.

Le mur de Berlin était tombé mais ce spectacle de la liberté échouée sur la chaussée à vendre le plus intime du corps, qu'elle exécrait, persistait. L'activité était très rentable et encore plus florissante depuis l'ouverture des frontières.

Maya jura en frappant sur le volant, je la suppliai de ne rien crier par la fenêtre. J'attendais que l'orage passe avant que sa colère ne gâche l'instant. Je lui ai caressé l'épaule en disant c'est moi, Stan, reviens à nous mon aimée. Profitons ensemble de l'après-midi ensoleillée. Je souhaitais qu'elle apprenne à se laisser plus souvent aller à la beauté, à soustraire ses pensées de la laideur et des douleurs du monde. Elle rétorquait que, nous, ceux de l'Ouest, étions trop candides, désarmés, aveugles devant l'horreur et l'absurdité que pouvaient produire les êtres humains.

J'avais mal dès qu'elle m'exilait vers un monde qui n'était pas le sien, peut-être se battait-elle depuis trop longtemps. Maya m'effrayait quand elle perdait la mesure, elle explosait à la moindre contrariété puis s'acharnait comme si de l'issue de notre discussion dépendait le sort de toutes les plaies de l'humanité.

Au croisement de la Potsdamerstrasse et de Pallasstrasse, un attroupement de femmes voilées encombrées de poussettes et de sacs de commissions assombrit son regard. Un rictus de déception s'est esquissé sur sa bouche. Je lui ai effleuré le sein du bout des doigts, surprise, elle a creusé sa poitrine puis éclaté de rire. Nous avons quitté le vacarme du cœur de la ville et continué vers Zehlendorf. Bientôt le vert des tilleuls de Dahlem, nous nous sommes tus au souvenir de notre étreinte dans la neige, sous les cristaux de glace. L'envie d'elle montait et palpitait déjà.

Maya posa sa main sur ma cuisse dénudée, les mouvements rapides de ses narines trahissaient le tumulte qui grondait dans son corps. Une longue berline immatriculée dans l'Illinois, à bord un militaire afro-américain aux avant-bras surmusclés nous dépassa, il se moqua de notre Trabant en pinçant son nez de ses doigts. Son commentaire incompréhensible se perdit dans les airs. J'étais tout à elle, Maya m'attendait. Sa joue frôla la mienne, ma tête disparut dans l'épaisseur de ses cheveux noirs. Je m'inondais de son odeur, les yeux fermés du désir de la prendre là, maintenant, sur le siège avant. Elle sursauta, sa phalange s'attarda entre mes jambes, je frissonnai. Elle me fit un clin d'œil en me demandant d'arrêter de la déconcentrer, qu'elle puisse conduire en regardant la route !

Alors que nous avions atteint une forêt en direction du lac de Wannsee, Maya quitta la route principale pour s'enfoncer d'une centaine de mètres au milieu des bois en suivant un sentier de terre avant de se garer. Elle semblait connaître l'endroit mais ne disait plus rien. Nous étions passés du vacarme de la ville à la quiétude de la nature en l'espace d'un quart d'heure et progressions à tâtons en enjambant les fougères, les branches et les taillis sur notre passage. Elle me prit la main dans le silence entrecoupé de craquements de bois mort sous nos pas et de cris lointains d'oiseaux. Maya me tira derrière elle jusqu'à la clairière au bord de l'eau, une minuscule crique cachée par un mur d'arbres cinquantenaires. Une fois arrivés, elle lâcha ma main, se tenant debout, maladroite à mes côtés.

Sa peau brun foncé, cuivrée par le soleil d'été, couleur d'or caramélisé, scintillait sous l'effet des rares rayons qui transperçaient le rideau touffu des feuilles. La cambrure creusée tandis que je retirais très lentement son pantalon. Ma langue parcourut les lignes allant de sa cheville fragile jusqu'au commencement de l'aine, elle m'encourageait d'une main dont les doigts longs et secs se resserraient sur mon crâne. L'autre était fermée en un poing qu'elle mordait. Je remontai la ligne de ses cuisses, posai mes mains sur ses hanches, j'oubliai le monde. Je lui adressai une oraison et me recueillis là où se creusait la courbe de son dos et commençait le rebondi de ses fesses, j'y collai ma joue. Son épiderme était tiède, imbibé d'effluves étourdissants, puis je me noyai parmi les odeurs fortes qui perlaient le long des plissures ouvertes entre ses jambes. Je me désaltérai. Je humai la rosée d'amour, fermai mes paupières et inspirai profondément. Maya gourmande n'en pouvait plus, elle me le soufflait, un soupir étranglé comme une plainte qui lui remontait de la gorge. Il fallait la prendre maintenant contre l'arbre, à l'ombre des feuillages. J'allai au bout de ma prière et ralentissais la descente de ses dentelles vers ses pieds, chaque seconde comptait. Je reconnus le parfum très épicé du désir, il se bousculait à la rencontre de ses jambes, transpirait sous les lobes de ses seins et m'enveloppait depuis les aisselles. Des folies plein les yeux, les orteils nus bien plantés dans l'humus et le sable, Maya m'introduisit en elle, un râle de soulagement de sa voix rauque qui murmurait : Stan tu me tues !

Derrière nous la quiétude du lac perturbée par moi qui venais et revenais en Maya, animal au sang incandescent. Je m'arrêtai et la couchai sur notre serviette de bain étendue à quelques mètres de l'eau, près des herbes rases et des roseaux. Elle m'amusa, avec son air étonné de ce brusque changement. Maya m'embrassa furieusement et m'attira contre elle. Moi, je prenais le temps d'admirer son corps tacheté de ronds de lumière filtrée par les branches, Maya, belle et désirable, je calai mon visage à l'angle de son pubis.

Ma langue taquinait le calice de chair dur et gonflé, éclaircie rose dans l'univers marron foncé et noir de l'intérieur de ses cuisses. Elle glissa, se fraya un chemin fluide vers la fente, remonta et recommença. Je ne m'arrêtais plus, mes avant-bras plaqués sur sa taille, je la saisis au niveau des reins pour empêcher toute retraite. Les secondes, les minutes couraient, rythmées par les accélérations de son souffle qui devenait un gémissement avant de s'échapper en un cri, un appel qui s'éleva très haut dans les airs au-dessus de l'imposante masse liquide et des bois.

Maya nous inondait par saccades de sa source mystérieuse, une fois encore le prodige nous était revenu de la fontaine des désirs. Je remerciai mon amour pour l'abandon qu'elle m'offrait du plus intime de sa chair, ce plaisir incomparable lorsque Maya se lâchait et s'oubliait totalement près de moi. Ses jambes bougeaient en désordre, électrifiées, incontrôlables convulsions d'avant en arrière, nous sombrions au point culminant d'une transe folle et torride, son bassin se contractait et sa tête s'affolait de la droite vers la gauche. Moi, je la caressais des épaules jusqu'aux creux près de ses talons d'Achille en ne négligeant aucun centimètre. Mes doigts la survolaient, l'effleuraient parfois, délicatement, une science du dixième de millimètre, émerveillé, fou, le visage égaré dans le torrent entre ses lèvres. Maya sursautait, ruisselait, ensemble nous fondions durant ces minutes à nous, étendues secrètes de liberté absolue de l'aimer, là où il n'existait plus qu'elle, moi, des senteurs, des goûts, des galaxies entières de comètes dans nos regards révulsés, des saveurs moites et épicées sur le bout de la langue. Lorsque nous donnions le meilleur de nous et pulvérisions les frontières, pour atteindre finalement le repos.

Cet après-midi-là, Maya plongea dans un sommeil long et profond, nus l'un contre l'autre sur la berge, bercés par le ronflement des eaux paisibles du lac.

Durant sa sieste, une partie de Maya s'était décalée sur le tapis de fines branches et de mousses. Elle s'éveilla tout à coup en criant, se claquant les fesses assaillies par une armée de fourmis très agressives. Elle sautillait, une grimace tordue sur la figure, le postérieur orné d'une myriade de plaques rougeâtres. Je ne pus réprimer un fou rire, elle était folle de rage, se rhabilla à la hâte et décréta le départ. Les légers tissus de ses vêtements étaient froissés, elle avait du mal à empêcher un sein de déborder de son haut gris. Elle s'en allait sans m'attendre, je suivais Maya mauvaise humeur à distance. Ma belle artiste marchait, la mine sombre, mal inspirée, d'un pas rapide et décidé, le port de tête droit, beaucoup d'efforts dans l'espoir de se gratter sans élégance mais le plus dignement possible. L'air de dire surtout tais-toi, gare à toi si tu rigoles. J'ai gardé le silence…

J'ai adoré l'été 1990. Il débuta par un coup de tonnerre le 1er juillet : à la surprise générale, l'union monétaire entre les deux Allemagne fut décidée sur la base d'un Ostmark pour un Deutschemark, au prix d'une très nette surévaluation de la monnaie est-allemande. La rigueur économique de la République fédérale semblait voler en éclats, une révolution. Les changements bouleversaient complètement Berlin l'euphorique, elle perdait toute mesure, des bulles dans la tête, des paillettes dans les yeux et sans doute des propulseurs dans le dos, l'incroyable semblait possible, tout lui souriait. Quelques mauvaises langues grognaient à voix basse dans leur coin, prédisant à la ville des lendemains de fête très douloureux, avec la gueule de bois et d'énormes trous dans le portefeuille. Mais pour l'heure, Berlin avait la fièvre de la folie des grandeurs. La ville se prenait un peu pour le nombril du monde et rêvait de redevenir la capitale du pays. Elle s'enivrait de renouveau et tout lui réussissait.

Une semaine plus tard Berlin se hissait sur le toit de la planète car l'équipe de football de l'Allemagne de l'Ouest était sacrée championne du monde au stade olympique de Rome. Juste après le coup de sifflet final, une clameur de joie a explosé depuis les entrailles de la ville, de Hohenschoenhausen à l'Est jusqu'à Spandau à l'extrême Ouest, devant les écrans géants, dans les cafés, les Biergarten, la liesse une fois de plus, une même victoire pour deux peuples. Les chopes de bière se cognaient, la mousse sur les moustaches, des chants à la gloire du sport et du pays en se poussant fraternellement épaule contre épaule, le timbre des voix altéré par l'émotion et l'alcool qui ne s'arrêtait plus de couler. Les rues, quasiment désertes pendant le match, se remplissaient peu à peu de groupes de supporters au comble de l'excitation.

Maya s'est retrouvée prise dans le mouvement désordonné de la foule bruyante alors qu'elle se trouvait en route pour nous rejoindre et assister à notre premier concert en plein air. La surprise fut grande, pour elle qui ne s'intéressait pas au football. Dans son esprit, ce sport resterait à jamais une énigme, une expression de la bêtise humaine, une mêlée d'hommes adultes vêtus de culottes courtes qui se disputaient un ballon sous les regards révulsés d'une armée de spectateurs parqués dans les tribunes et prêts à s'entretuer pour défendre une couleur... Maya rasait les murs pour se protéger et fuir l'hystérie, elle avait peur, car quelque part dans le chœur bon enfant de la ville exaltée s'étaient glissées d'inquiétantes fausses notes. Des individus rasés, l'air menaçant, avaient crié à son visage "L'Allemagne aux Allemands, les étrangers dehors !" Dans les rues de Berlin ressuscitée, certains s'adonnaient à l'exercice périlleux, oublié depuis longtemps, de la fierté nationale.

Bouleversée, Maya nous a rejoints dans la cour du Tacheles sur la Oranienburgerstrasse. Berlin la rebelle faisait un bras d'honneur aux sportifs en organisant un festival de musique pour concurrencer la finale. Nous attendions ce concert avec beaucoup d'appréhension et d'impatience car nous allions jouer dans le temple de la scène alternative. Maya arriva en plein milieu du show, je la distinguais à peine alors qu'elle se faufilait jusqu'à se coller à la gauche de la scène. Ma vue s'est brouillée à cause de la sueur. Pascal avait tellement fumé toute l'après-midi pour calmer ses nerfs qu'il était maintenant complètement stone et se trompait dans les tempos. Clémentine demeurait impériale. De mon côté je faisais de mon mieux pour rester avec eux, puis il s'est ressaisi. Je l'ai vu se rapprocher du public, déterminé à faire n'importe quoi plutôt que d'ennuyer l'assistance. En quelques secondes, tout a basculé ! La basse s'est envolée vers une improvisation, elle planait, perchée sur la pointe des pieds, sans appuis, un silence survint un court instant puis plus rien. Pascal est reparti sur des notes claquées, une attaque fulgurante qui a déréglé la cadence. Les premiers rangs se sont mis à bouger, des poings levés vers le ciel.

Nous virevoltions ensemble sous la voûte étoilée, Pascal inondait l'espace en mitraillant son solo de basse à une vitesse hallucinante, il nous enivrait en plaquant des accords inconnus avec une dextérité d'enfant prodige. Il nous emmenait loin, très loin, Clémentine et moi l'assistions dans son périple. Le public conquis suivait, ensorcelé. Il osa un instant la distorsion en piétinant sa pédale, poussa les enceintes au bord de l'implosion et provoqua devant nous une marée de têtes ne cessant d'aller et venir d'avant en arrière juste avant le break qui tomba comme un coup de foudre et surprit tout le monde.

Trois secondes plus tard nous avions relancé pour terminer sur le dernier refrain. La chanson s'appelait : *Let it out!*

À la fin du morceau, des applaudissements et des hourras, Pascal ricanait et caressait le manche de son instrument comme s'il mimait ses propres notes. De mon côté, j'avais oscillé entre le chant, le cri et la plainte. Le visage de Clémentine me fascinait, il était passé de la rage à l'extase, de l'affolement au calme complet. Elle frappa trois coups avec ses baguettes, j'annonçai le rappel.

Pendant que nous jouions, Maya dansait, en pleurs, elle se laissait aller à une symphonie du mouvement un peu désordonné mais sincère et fluide. On aurait dit un animal dépourvu de squelette qui se foutait de la grâce. Elle m'a dit plus tard qu'elle me servait sa tristesse et son abandon, elle sautait, tournait, comme si toute la cour lui appartenait, s'efforçant de se moquer de tout pour au moins cet instant. Elle essayait d'oublier les paroles de haine entendues dans la rue.

La Berlinoise de mes rêves se sentait étrangère dans la ville réunifiée, elle devenait une intruse en terre natale, rejetée par certains à cause de la couleur foncée de sa peau.

Les rumeurs de montée de la xénophobie et d'attaques racistes persistaient. Maya me parlait parfois de l'ampleur du désastre au retour de ses visites de plus en plus espacées à Iéna. Je l'écoutais d'une oreille distraite, je n'avais la tête qu'à ses charmes et à la musique… Après la chute du mur et l'avènement de la liberté, le chômage et la morosité s'étaient invités au sein même de la cellule familiale de Maya. Puis vint l'aigreur qui cherchait un bouc émissaire et finit par se trouver des ennemis. Lors de ses séjours dans sa ville d'origine pour voir sa mère, des passants l'avaient reçue avec des paroles d'exclusion hurlées à ses tympans. La liesse se changeait en atmosphère pesante de désillusion et d'intolérance. Maya s'extrayait de ce monde, des écouteurs aux oreilles pour s'isoler et ignorer les insultes sur le trajet de la gare. Elle développa une science exacte du choix de ses itinéraires pour échapper aux mauvaises rencontres dans des endroits qu'elle connaissait depuis toujours. Ne pas céder aux provocations. Elle s'exilait loin aux confins de sa personne pour survivre à l'hostilité. Maya se consolait seule, isolée, plongée tout entière dans la narration poétique d'un texte de Goethe, animée par la fièvre des mots de Schiller, absorbée par des ouvrages de philosophie ou des traités d'histoire de l'art. Elle se rendait à Iéna à contrecœur, incapable de s'expliquer ce qui motivait tant d'animosité jusque dans sa propre famille.

Désœuvré après son licenciement dû au rachat de son entreprise, son oncle la fusillait d'un regard noir plein de rancœur. Il cessa de lui adresser la parole. Sa tante, anéantie par les désenchantements en cascade, baissait les bras et les yeux, les mains dans les poches de son tablier, muette. L'implosion de la République démocratique allemande avait entériné la fin de la chimère collectiviste et égalitaire qui pour certains avait constitué un refuge, un cocon. Disparus aussi les slogans et mots d'ordre chers à l'autorité : l'amour inconditionnel entre les peuples tomba d'abord sous le coup de la suspicion avant d'être tout simplement piétiné et banni des cerveaux de femmes et d'hommes assoiffés de nouveauté. Ils en prirent le contre-pied, isolant Maya et sa différence chaque jour un peu plus.

Elle s'évadait, désormais seule, sans ses cousines Kerstin et Bettina, pour de longues virées dans la nature alentour, des matinées et des après-midi à arpenter les sentiers. Des heures à envisager l'éventualité de ne plus jamais revenir. Maya s'endurcissait, elle devenait insensible à la joie et à toutes les saveurs de l'existence, dégrisée, désabusée.

Elle choisit finalement le non-retour, l'exil dans son propre pays, abandonnant derrière elle des pans entiers de son être.

Pascal nous rejoint sur le pont en trottinant, pour se donner un peu de contenance, content de nous apprendre que les organisateurs l'ont assuré que le risque d'une attaque de néonazis est vraiment très improbable, nous devons nous détendre et… Clémentine lui coupe la parole, excédée. Elle se fâche, offusquée par sa naïveté, en affirmant qu'il est à côté de la plaque, nous nous voilons la face. Au moindre pépin tous vont se défiler et nous abandonner à notre sort pour éviter de se faire démonter par une bande de skinheads bêtes et méchants, les mêmes que la veille, avec leurs sales gueules d'avortons, il n'y a que des illuminés comme nous pour se jeter ainsi dans la gueule du loup. Ces malades savent où nous trouver, ils ne vont pas se gêner pour débarquer, et cette fois-ci… Elle allume une cigarette en marmonnant des jurons, elle sanglote, tremble de tout son corps. Clémentine s'éloigne de quelques mètres en haussant les épaules, puis elle escalade une grosse pierre qui surplombe le gué. J'ai peur, elle est en train de craquer, je la sens à bout de nerfs. Je ne sais pas quoi faire.

Pascal secoue la tête avec une moue de désapprobation. D'un geste de la main je lui indique de ne pas prêter attention à la réaction de Clémentine. Je l'invite à me suivre, nous nous installons sur le pont. La pierre a refroidi ; inconfortable, elle nous glace les fesses. J'aimerais être ailleurs. Sur le visage de Pascal, je vois se dessiner celui de Mélanie, surtout de profil. Il m'apparaît maintenant clairement qu'ils se ressemblent beaucoup. J'ignore ce qu'elle devient, Pascal m'en parle parfois vaguement, je l'écoute distrait, ça ne m'intéresse plus. Un peu par fierté ou par esprit de vengeance non avoué, je suis de temps en temps curieux de savoir ce que serait sa réaction en me voyant à ce point transformé sous l'emprise de Maya. Elle me trouverait beau, irrésistible, et regretterait de m'avoir perdu. Mélanie comprendrait qu'en ces temps-là elle n'avait connu qu'une pâle réplique de Stan, une esquisse, un cœur en gestation qu'elle avait changé en animal domestique, abandonné plus tard sur le bas-côté de sa route.

J'essaye de chasser le retour des tristes souvenirs de mon échec avec elle, l'attente ici dans la vallée est assez oppressante comme ça, nul n'est besoin d'y ajouter l'amertume des désillusions d'antan.

Je m'enferme dans mon spleen, je tourne en rond en tentant de m'éloigner du fantôme de Mélanie. Je reviens à nous, trois idiots à la merci d'enragés, tapis quelque part dans la pénombre. Clémentine qui perd son sang-froid. Pascal qui m'épie du coin de l'œil, j'ai honte. Je le sais fragile et mon mutisme le stresse. Ma détresse ne doit pas le contaminer.

Notre relation s'est développée de telle sorte que c'est plutôt moi qui prends soin de lui, je lui sers de repère. Je crains que le spectacle offert par mon attitude lui semble bien pathétique, il faut vite retrouver mon aplomb, réagir.

Je le fixe à mon tour. Pascal n'a plus rien à voir avec le jeune homme timide qui perdait tous ses moyens devant le sourire d'une fille, il découvre le plaisir, qu'il dit incomparable, de la soudaineté d'une rencontre avec une femme inconnue qui se dévoile. La seconde où les regards se croisent sans équivoque, se laisser aller à ce corps nouveau pendant les heures qui suivent, dans un lit, un parc, des toilettes publiques, n'importe où, affamé. Il s'est convaincu que les caresses connues et répétées avec des partenaires chaque week-end un peu plus nombreuses demeurent uniques, sensationnelles. Pour lui, il s'agit d'atteindre les sommets, porté par un élan supersonique, une messe à la sincérité, se contenter de l'essentiel, tant pis pour le bla-bla inutile qui s'étale des semaines voire des mois, les rendez-vous au restaurant ou au cinéma, les dîners avec la belle famille. Enthousiaste, il rend hommage à la grandeur et à la misère de l'éternité furtive, vérité de l'instant, se dévêtir et savourer la chair dans un tourbillon de surprise et d'approximations, sans attaches ni sentiments.

Je sais qu'à sa manière il est heureux. Cette insouciance lui fait du bien, il s'essaye, apprend à connaître et repousser ses limites. Je lui souhaite un jour d'être aimé à la folie, mais ça je ne le lui dis pas, je garde pour moi la question de savoir ce qu'il y a à gagner avec ce qui se consume dans l'instant et se plie tout de suite bien rangé sur les étagères du souvenir.

Moi, je suis devenu disciple de Maya, celle qui allège le poids du temps. Au contact de sa peau, je me révèle sans mensonges ni jeux. Ses parfums sauvages augurent d'un plongeon vertigineux vers les douceurs de son ventre. Elle distille des mélodies cambrées lorsque je lui ceinture la taille, la berce entre mes bras avec à ma lèvre un refrain qu'elle apprécie, tandis que son imagination me susurre des splendeurs à venir. J'ai besoin de sentir ses jambes en tenaille dans mon dos sur le parquet ou sur son canapé, avant que nous balancions en cadence pour nous perdre ensuite dans la tornade des sens, lorsque ses chairs les plus intimes se tendent, gonflent, tressaillent : nous atteignons les balbutiements de l'extase. Cet amour d'elle mérite que je m'y abreuve et tant pis s'il advient un naufrage. Tant pis si des douleurs, parfois, me piquent à vif.

Je l'ai toujours aimée. Avant Berlin, elle me manquait déjà. La sorcellerie noisette de son œil, le scintillement d'astres dorés venus tout droit de l'univers dilué dans le vert et l'azur, quand son corps en ébullition, peu avant la jouissance, troublait son regard. La magie de notre histoire résidait dans sa simplicité. Maya et moi pour habiller l'aridité du monde, un trou de lumière dans la grisaille, de l'ivresse et des sourires. Maya existait derrière mes yeux quand elle était loin, toutes mes journées se ponctuaient de réflexions sur des sujets que j'aimais aborder avec elle, des idées singulières à partager, un café, un parc ou un lac à découvrir ensemble. Les questions, les mêmes qui revenaient cent fois par jour : comment va-t-elle ? Quand nous reverrons-nous mon amour ?

Maya, l'amour immergé dans tes eaux vives, nous plongions, un envol vertigineux vers le bout de l'horizon. Mon royaume sous tes draps épicés des parfums envoûtants de ta cyprine, l'arôme de l'amour. Moiteur onctueuse et volupté de nos sueurs qui se confondaient jusqu'au petit matin. Ton air espiègle quand tu me demandais de rajuster la bretelle de ton soutien-gorge, mes doigts qui s'attardaient sur ta nuque, là où un exquis duvet annonçait l'abondance et les secrets de ta chevelure. La certitude d'être deux, libérés des convoitises, obsédés l'un par l'autre.

La nuit est déjà noire dans la vallée. Je me tiens debout, hébété. Le parking est plein maintenant, advienne que pourra. Un vent léger provoque de minuscules vagues à la surface du ruisseau, les ronflements de l'eau me ramènent une image d'océan. Je pense d'abord à Mélanie devant les remparts de Saint-Malo un week-end de mai, celui de notre premier baiser.

La veille dans une discothèque, alors que j'avais tout fait pour la séduire, elle s'était refusée pour rentrer à son camping mais avait accepté un rendez-vous le lendemain à 8 heures en contrebas de la tombe de Chateaubriand. Sur le chemin vers elle, j'avais adressé des prières au poète pour que son âme m'accompagne et me soutienne. J'étais persuadé que ces retrouvailles au petit matin sur l'immense plage déserte à marée basse nous permettraient de débuter notre relation sous les meilleurs auspices. Elle portait une robe toute simple couleur crème et ses ballerines noires. Dans la précipitation, elle avait oublié son serre-tête et retenait ses cheveux d'une main placée sur le haut de son front comme une visière qui la protégeait en même temps du soleil. Très gênée, Mélanie rougit car dans son empressement elle ne s'était pas rincée correctement la bouche. Il lui restait des traces de pâte dentifrice sous la lèvre inférieure. J'hésitais à m'approcher trop près d'elle, mon haleine devait sans doute encore sentir l'alcool de la nuit.

Assis sur les rochers, j'ai nettoyé son menton avec mon pouce après l'avoir humecté de salive. Nous nous sommes embrassés sans nous enlacer de peur de trébucher. Le pied droit de Mélanie a glissé sur une algue avant de s'enfoncer dans une flaque d'eau salée. Nous avons ri de bon cœur, ensuite je l'ai soulevée puis portée à bout de bras jusqu'à la ville. Elle avait enroulé les siens autour de mon cou. Il me semble qu'à cet instant précis nous étions beaux à voir.

Mes plus chers souvenirs de sable et de mer je les dois à Maya. Août 1990, premier été de liberté pour elle. Ouvrir les bras, la tête jetée vers l'arrière sur le pont d'un bateau secoué par le vent, s'enivrer d'oxygène au sommet d'une montagne. Crier sans s'arrêter, se vider les poumons, dévaler le flanc d'une colline, s'en aller au hasard de sentiers sinueux, tout autour l'infini.

Enfin le droit de sortir, la possibilité de s'évader et de découvrir l'ailleurs, l'autre côté, ses charmes, ses dangers, ses paysages, ses visages cachés : la réalité de l'Ouest. Les accents des langues de ceux qu'elle écoutait en secret à la radio le volume proche de zéro, la peur au ventre. Privée depuis toujours du privilège de voyager où bon lui semblait, Maya évoquait ce besoin de mouvements, de fouler de nouveaux espaces en route vers les vertiges du grand large et du vaste monde. Une envie comme une soif qu'il lui fallait étancher à la hâte, une boulimie de kilomètres.

Son père, de nationalité cubaine, l'encourageait au départ. Il avait été blessé dans le bourbier d'une guerre d'indépendance quelque part en Afrique avant d'atterrir à Iéna pour se faire soigner. C'était pendant sa convalescence qu'il était tombé amoureux de la mère de Maya et avait décidé de rester vivre avec elle. Il voulait désormais que sa fille saisisse l'opportunité qu'il n'avait jamais eue même après la chute du rideau de fer, en se voyant refuser un visa de tourisme vers l'Espagne, pays dans lequel il rêvait depuis des années de passer des vacances. Malgré les changements politiques, son statut de ressortissant d'un ancien pays frère du bloc de l'Est non européen restreignait sa liberté de déplacement. Maya s'était une fois de plus insurgée devant l'absurdité de la situation, l'émergence de nouvelles injustices. Alors qu'un mur tombait, d'autres s'érigeaient, invisibles ceux-là, plus difficiles à identifier et à détruire.

Elle avait choisi sa destination : la Grèce. Les îles du Péloponnèse, soleil et culture sous un sublime ciel éclatant. Son premier vol, une excitation tout enfantine avec sa jolie valise à carreaux écossais entre ses pieds. Une vive appréhension animait Maya jusqu'aux diverses barrières de sécurité avant l'embarquement. Soudain elle se plaqua contre moi comme pour disparaître, vain réflexe pour se soustraire à l'inévitable contrôle. La peur que survienne un rappel à l'ordre destiné à lui signifier l'autorité toute-puissante de l'État sur sa personne. Maya revivait l'angoisse. Ses membres se crispèrent, un instinct, car le souvenir indélébile de l'austérité et de la dureté des femmes et des hommes en uniforme de la République démocratique allemande avait conditionné peut-être pour toujours son rapport timoré à toute forme d'injonction ou d'exercice de l'autorité.

Installée près du hublot, elle ne ratait rien de la vue biaisée vers le bas durant le décollage, j'admirais sa capacité à se fondre dans l'instant. Son œil de peintre enregistrait chaque détail, analysait les dégradés de couleurs, les perspectives, jamais je ne la remercierai assez de m'avoir choisi, d'avoir partagé son enthousiasme avec moi dans de tels instants. Sur le tarmac de l'aéroport juste après l'atterrissage, l'air brûlant qui l'assaillit la surprit. Maya croyait que l'un des réacteurs de l'appareil soufflait la chaleur de son moteur sur nous. Nous avons ri aux éclats.

Sur l'énorme ferry qui quitta le port du Pirée, elle s'accrocha à la rambarde du pont sans rien dire et moi je sentais que ce moment-là lui appartenait. Je m'éloignai. Sa crinière battait fort dans les airs, la larme à l'œil elle suivait la course des oiseaux, une mèche s'invita dans sa bouche. Maya la retira avec ce geste si délicat qui chaque fois m'émouvait et me poussait à lui poser un baiser sur le front. Son majeur couplé de son index ramenait les cheveux récalcitrants derrière l'oreille gauche alors que sa tête s'inclinait légèrement du côté opposé. Elle se gavait de lumière et s'abandonnait à l'infini bleu de la Méditerranée jusqu'à la nuit tombée. Maya, sensible, retenait des sanglots dans sa gorge. Des souvenirs d'injustice la torturaient, je crois, ou peut-être était-ce la tristesse à la pensée de ses parents qui ne pouvaient voyager ensemble.

Certaine d'avoir distingué des remous provoqués par les sauts joyeux d'un banc de dauphins nageant dans notre sillage, un signe de bienvenue adressé par ces explorateurs des profondeurs aquatiques, Maya pointa son index sur un amas de formes luisantes et grisâtres qui émergeaient furtivement à la surface huilée de la mer avant de disparaître à nouveau. Je savais à quoi pensait Maya, les lèvres pincées par la brise du soir. Elle accompagnait le passage des mammifères marins dans l'obscurité naissante. J'imaginais qu'elle aurait aimé suivre leurs chevauchées au-dessus des vagues. En cet instant, elle en voulait à toutes celles et tous ceux qui l'avaient privée d'autonomie durant tant d'années.

Plus tard je retrouvai Maya heureuse dans mes bras, allongés tous les deux dans l'enchevêtrement de nos duvets, câlins sur nos tapis de sol posés à côté de beaucoup d'autres sur le pont du bateau.

Elle et moi enlacés. L'étreinte fut longue, imperceptible pour nos voisins. Elle, en chien de fusil, moi, encastré dans son dos. Je l'ai prise par le haut pour une union ardente, serrée et singulière. Difficile au début, elle fut ensuite parfaite car son corps, surpris, s'ouvrit. Maya cessa de résister pour ne pas avoir mal. Elle s'offrait avec grâce en contrôlant le rythme de nos allées et venues chaloupées dans ses chairs alertées de désir. Nous nous aimions sous les étoiles, de l'autre côté des conventions, bercés par la douce illusion de ne plus composer qu'un seul corps bicéphale au clair de lune. Ma main sur sa bouche remarqua qu'elle se mordillait les lèvres. Nous n'émettions aucun son parmi les discussions à voix basse et les rires autour de nous. Rien ne pouvait me distraire du contact moelleux de ses deux lobes charnus. S'aimer de cette façon si particulière nous emmena d'abord vers des sensations encore inconnues, pour finalement rejoindre le pays de plénitude, l'instant salvateur, annonciateur du long moment d'absence et de paix. L'extase. Maya s'endormit. J'entamai mes caresses préférées. Je m'émerveillais une fois encore du grain de sa peau que je redécouvrais à chaque nouveau voyage vers ses rondeurs. Je m'aventurais vers les boucles moites de son pubis en faisant très attention à ne pas la déranger, ni la réveiller. J'inspirais, les yeux fermés, les bouquets de parfums à la rencontre de son épaule et de son cou, son enveloppe charnelle se réchauffait alors qu'elle sombrait dans la profondeur du sommeil. Ses membres se détendaient après avoir tressailli en gestes parfois brusques. Ma joue récolta les premières tiédeurs de sueur à la racine de sa chevelure encore plus sombre dans les ténèbres. Elle se sentait bien. Et moi, j'avais atteint les contrées féeriques dont elle parle si souvent. Je vivais un rêve. Maya, comme une femme, m'avait pris par la taille pour que je renaisse de l'ennui et que je chemine avec elle, en route vers l'inconnu.

Le lendemain Maya me réveilla en murmurant "Stan" à mon oreille, sa voix suave me fit frémir. J'ai tardé à me lever, simulé un sommeil profond pour qu'elle garde son visage à proximité du mien et continue ses attentions pleines de douceur. Mais elle voulait absolument que je devienne moi aussi témoin de la surprenante et très joviale discussion entre deux appelés de l'armée française en permission et trois jeunes militaires originaires de Leipzig. Seule la différence d'accents de leur anglais, dont la précision laissait d'ailleurs à désirer, les distinguait les uns des autres. Leurs cheveux coupés très courts leur donnaient un étrange air de ressemblance, la scène était touchante, elle attendrit particulièrement Maya qui me rappela qu'un an plus tôt leurs supérieurs préparaient ces garçons à l'éventualité d'un conflit qui les aurait amenés à s'entre-tuer.

Vers midi nous accostâmes au port de l'île de Naxos sous un soleil de plomb, au milieu de la foule colorée des touristes. Maya avait entendu parler d'un endroit où il était permis de camper sauvagement sur une plage de l'autre côté de l'île à environ un kilomètre d'une taverne où il était possible de se doucher et de se ravitailler en à peu près tout ce dont on pouvait avoir besoin. Une de ses amies nudistes, activiste militante de la culture du corps libre, était folle du lieu. L'autonomie totale, personne pour vous embêter, les rares personnes qui connaissaient le coin appréciaient son calme et sa discrétion. Un vieux bus nous y emmena après de longues minutes d'attente sous le soleil, un calvaire pour Maya qui trépignait d'impatience, se balançant d'un pied sur l'autre. Attendri par sa moue boudeuse de petite fille capricieuse sous sa casquette blanche, je l'ai invitée à se détendre. Ici rien ne pressait et tant pis si aucun horaire pour le départ n'était précisé sur le panneau qui faisait office d'abribus. Elle a fini par s'asseoir sur mes cuisses, dos contre ma poitrine. Nous étions ensemble alors tout allait bien.

Le véhicule tanguait dangereusement en cheminant avec peine sur le flanc de la montagne. Beaucoup plus habituée que moi à la vétusté des transports en commun, Maya se moquait de mon anxiété. Une fois arrivés au sommet, un panorama magnifique s'offrait à nos regards : au loin les va-et-vient réguliers de l'écume des vagues turquoise qui claquaient sur les rochers gris foncé à la gauche du port, en contrebas le village avec ses rues désertes et les façades blanches des maisons écrasées sous le soleil si intense qu'il en déformait un peu la vue. Plus loin une myriade de taches sur le sable clair, les maillots de bain multicolores des touristes qui grillaient à moitié nus égayaient le paysage étiré jusqu'à l'endroit où se confondaient l'azur du ciel et la ligne de l'eau, dessinant ainsi un étonnant dégradé de bleus. La descente abrupte sur le versant opposé me parut encore plus périlleuse, je m'agrippais à Maya hilare, un soupçon mystérieuse derrière ses larges lunettes noires car elle enregistrait chaque image de son premier voyage hors du bloc de l'Est. Le chauffeur freina jusqu'à s'immobiliser complètement. Il nous fit signe de descendre bien qu'aucun arrêt ne fût repérable au bord de la voie goudronnée en partie envahie par le sable. Son doigt indiqua vaguement un lieu au-delà de la maigre végétation épineuse. Ses explications incompréhensibles m'inquiétèrent mais Maya jubilait en faisant des grands gestes d'au revoir en direction de la cabine du car qui reprenait sa route en toussotant. Un plan griffonné devant les yeux, elle s'élança d'un pas assuré sur un sentier mal dessiné entre les arbustes dégarnis. Dix minutes plus tard nous rejoignions la rue qui menait à la taverne, une maison aux murs bleus et blancs rescapée d'un autre siècle. Le patron, prévenu de notre arrivée, nous accueillit chaleureusement. Son regard se perdit d'abord dans le décolleté de Maya en train de déguster une bière glacée. Il ne maîtrisait aucune langue que nous connaissions, nous communiquions avec des sourires, des bribes d'anglais et des gestes. Il avait pour habitude de prendre deux clichés des visiteurs avec son Polaroïd. Il en colla un sur le mur à côté d'une centaine de photos de couples et de groupes, l'autre il l'offrit à Maya si émue qu'elle en versa une larme. Sur la bande blanche en bas de la photo il écrivit Maya et Stan en alphabet grec avec un feutre rouge.

Le quinquagénaire nous emmena jusqu'à la crique où nous allions passer trois semaines en huis clos à dix mètres de la plage. Plonger dès le réveil parmi la faune et la flore aquatiques depuis un gros caillou presque plat à environ trois mètres de la surface de la mer, des heures pour se sécher à l'ombre d'un arbuste ou à l'abri d'un rocher. Maya et moi vivions nus sous notre tente ou allongés aux heures les moins chaudes sur une serviette posée à même le sable, ou encore immergés au milieu des algues. Des jours lents d'osmose. Ces instants d'adoration, d'investigations minutieuses et passionnées ont fait de moi un adepte fervent et dévoué du culte du corps de Maya. Je suis devenu l'artisan de sa toilette quotidienne, masseur obsessionnel des courbes de ses bras et de ses jambes que j'enduisais amoureusement d'huile et de crèmes protectrices, et sculpteur de ses cheveux pour mon plus grand plaisir. Je la chatouillais à l'aide de pétales pour cueillir des fous rire pendant de longues minutes, assis dos contre un arbre, les jambes ouvertes, Maya reposant au creux de moi, complètement relâchée, tranquillisée, les yeux souvent fermés pendant que mes doigts lissaient la courbe de ses sourcils. Elle répétait à voix basse n'avoir jamais ressenti et apprécié un tel abandon.

Elle s'essayait au laisser-aller. Maya s'habituait à se détendre, à exister sans devoir se battre ou résister. Je redoublais d'efforts.

Un soir, après un ravitaillement à la taverne, le patron nous a proposé de rester dîner avec ses invités pour partager une soupe cuisinée avec un poisson très rare pêché le matin même par l'un de ses amis. Autour de la table, des femmes et des hommes d'origines diverses, des habitués de ce coin paisible et reculé sur la côte sud de l'île de Naxos. Des bouteilles de retsina à température idéale, de la bonne nourriture, les heures passaient dans l'atmosphère fraîche de la terrasse à la tombée de la nuit. La houle de la Méditerranée ronflait son mouvement régulier tout près de nous, le bruit des rires et des anecdotes venus de la tablée ponctuait sa musique monotone.

Maya, muette, minuscule à mes côtés, ne se sentait pas vraiment dans son assiette, exclue, étrangère au moment, mal à l'aise dans sa belle robe d'été en léger coton blanc un peu transparente qui lui allait si bien. Je l'invitais à sortir d'elle-même, à participer à la dynamique commune. J'argumentais qu'il n'existait aucune animosité à son égard, pas l'ombre d'une agressivité. Il aurait suffi de se couler dans l'instant à l'image des autres convives. Mais elle angoissait et m'interdit de révéler qu'elle venait d'Allemagne de l'Est par peur d'être stigmatisée ou moquée, je ne saisissais pas. Maya insistait pour rester invisible, tout mettre en œuvre pour avoir l'air d'être comme tout le monde.

Elle redoutait les regards qui se posaient sur elle, même ceux qui l'interrogeaient avec sympathie et bienveillance. Vestiges d'une suspicion instinctive apprise depuis l'âge de raison. Ses yeux écarquillés tournaient dans tous les sens, elle distillait des sourires jaunes ou crispés. Mon incompréhension l'énerva. Elle me trouva futile et insensible. Maya aurait préféré que l'on regagne notre nid solitaire et paradisiaque à l'abri du monde, là où je n'existais que pour elle, là où rien ne lui échappait, aucune mauvaise surprise possible. Là où elle tentait ses premiers pas vers la confiance. Ce soir-là c'en était trop pour moi, je m'amusais, j'appréciais d'avoir quitté notre huis clos pendant quelques heures, je repoussais le retour comme on aiguise l'appétit. Maya perdit patience. Elle quitta l'assemblée avec fracas, renversant sa chaise sur son passage au grand étonnement de tous, puis disparut dans le couloir qui menait aux toilettes. Elle s'arrêta brusquement, pour faire volte-face vers moi qui la suivais. Toutes les couleurs de ses yeux en berne, elle tremblait. Mon bel amour flanchait au bord des larmes, avant de basculer. En secret je me délectais de ce que j'identifiais comme un sentiment brûlant et exclusif, d'autant qu'elle m'expliquait souvent avec fierté que sa profonde passion pour moi se passait de proclamations tonitruantes. Maya me fit signe de m'approcher, elle insista, je n'y comprenais rien. La scène était extrêmement embarrassante, tous se taisaient autour des restes du repas. Inquiet, je m'avançai vers elle en lui demandant de cesser de se donner en spectacle. Maya cria, un hululement strident, elle me frappa, griffa ma poitrine puis courut à toute allure vers la mer.

Je n'ai pas tout de suite réalisé ce qui se passait, ébahi, je constatai que mon habit en lambeaux avait dénudé le haut de mon torse, de petites taches rouges y apparaissaient et le sang s'étalait çà et là sur le tissu. J'étais groggy, assommé. J'aperçus sa silhouette se perdre au milieu du noir des eaux. Je m'élançai dans son sillage, habité par l'impression de poursuivre un voile blanc ou un fantôme dans la nuit. Mes jambes entravées par les eaux froides progressaient péniblement, jamais je n'aurais imaginé que, si loin du large, les flots produisaient un tel vacarme. Il me fallait hurler son nom, mes deux mains ouvertes autour de ma bouche. Je luttais avec les vagues et finis par la rejoindre. Elle chuta, je la rattrapai, mais Maya se débattait, hors d'elle. Notre mêlée aquatique dura quelques secondes puis elle abandonna, me laissant l'arracher aux flots, un de mes bras passé sous ses genoux tandis que l'autre la plaquait contre mon corps. Elle cachait sa figure et pleurait tout bas en s'excusant mille fois. Je lui répétais que tout était fini, maintenant elle devait se calmer.

Les phares d'une jeep nous illuminaient depuis la taverne, au loin, les silhouettes de quelques personnes. Maya et moi trempés jusqu'aux os. Le sel brûlait nos yeux. Pour moi, l'image était splendide. Mes pas incertains hésitaient sur le sable mouillé, je peinais pour me tenir droit et fier sous le poids mort de la femme aimée que je venais de sauver de la noyade. Maya fillette sanglotait en masquant son visage et moi je me prenais pour un héros antique venant d'accomplir un exploit. J'aurais adoré nous observer depuis la terrasse sous les feux improvisés formant deux couloirs de lumière, au centre, elle et moi dégoulinants de la tête aux pieds, les vêtements moulaient nos corps. Je l'ai déposée sur la plage. Maya, éblouie devant l'assistance, demanda pardon à plusieurs reprises. Confuse, elle remercia tout le monde et prit ma main en direction de notre tente isolée. Nous partîmes sous les recommandations amicales de nos hôtes nous rappelant de prendre soin de nous et espérant nous revoir bientôt.

J'étais ivre de l'instant. L'obscurcissement, ce silence de la raison aveuglée par la force de l'attachement avait suspendu tout reproche. Je ne savais pas la juger et m'en remettais à mon amour pour elle qui suspendait toute critique. À mes yeux, Maya restait absolument sans défauts et j'espérais paraître tel aux siens. Par une transmutation mystérieuse due à l'amour, nos imperfections et nos dérives nous semblaient pardonnables, voire aimables, comme si au lieu d'anomalies il s'agissait de quelque chose de très particulier, d'unique, d'original. En réalité, nos cœurs aimants à la folie oubliaient aisément ce dont ils ne voulaient pas se rendre compte ou se souvenir. À nos âmes avides d'illusions, l'intolérable devenait séduisant. Je ne voulais plus jamais revivre la monotonie des jours avec Mélanie, la courbe plate des sensations. Je n'entendais pas non plus me séparer du vertige Maya, quand l'imprévisible devenait loi. Il m'importait de continuer à l'aimer, quitte à tolérer l'inacceptable. J'essayais d'apprendre l'ignorance pour ne pas aborder les questions ou plutôt leurs réponses, elles auraient assombri notre idylle. Je me taisais. J'ai choisi le masque, l'oubli, une manière de conserver l'espoir de grappiller au temps qui passe quelques instants magiques de plus avec elle.

Nous sommes restés muets tout au long du chemin. Une fois au campement, sonnés par les événements, oscillant entre fierté et perplexité, nous nous sommes séchés et dévêtus dans le silence, tout près le flux et reflux incessant des vagues, une musique lancinante à nos oreilles. Alors que nous nous couchions dans l'intimité de notre modeste tente à deux places, Maya barra l'élan de mes ardeurs en serrant ses cuisses et en mêlant ses jambes l'une à l'autre, avant de mordre l'espace entre le pouce et l'index de ma main gauche jusqu'au sang. Je ripostai instinctivement en repoussant sa tête, Maya initia alors un bien étrange pugilat. Les coups ressemblaient aux caresses, l'intensité de ses claques oscillait entre infliger la douleur ou alerter mes sens, les morsures qui suivirent s'arrêtaient là où la peine flirte avec le plaisir. Étonné, déboussolé, j'étais perdu par l'ambiguïté de ses assauts. C'est bien sûr elle qui prenait les initiatives et contrôlait la situation. Maya m'immobilisa dos au sol, j'étais à sa merci et me laissais faire sans résister. Conquérante, elle trônait au-dessus de moi du poids de tout son corps, chacun de ses poings maltraitant une paume de mes mains plaquées à terre contre les fins cristaux de sable. Ses genoux plantés dans ma chair au niveau des hanches bloquaient toute possibilité de mouvement. Le rictus sur mon visage l'excitait. Elle haletait, commençait à bouger son bassin d'avant en arrière et glissa deux de ses doigts à la lisière de son sexe avant de se cabrer de plaisir quelques minutes plus tard. Je découvris avec elle le cocktail singulier qui unit le désir et la douleur.

Il n'y eut aucun autre drame jusqu'à la fin de notre séjour. Nous explorions nos jeux d'amour et de haine durant lesquels s'affirmait le besoin de Maya de prendre parfois l'ascendant sur ma personne, d'annihiler mes initiatives afin que je sois totalement dépendant de ses caprices pour jouir ou pour souffrir, souvent les deux dans une même impulsion, selon sa volonté. La satisfaction intense qu'elle ressentait dans ces moments-là m'ôtait toute velléité de m'interroger sur le bien-fondé ou sur la nature exacte de son goût prononcé pour l'investigation des espaces troubles de l'envie et des sources du plaisir.

Nous avons quitté notre retraite ensoleillée un brin nostalgiques, mais heureux d'avoir vécu ensemble cette expérience unique de liberté totale qui nous avait offert l'occasion de nous livrer l'un à l'autre sans barrière ni tabou. L'univers s'était réduit à nous seuls, fondus l'un dans l'autre, son corps était devenu ma propriété. Maya avait pris possession du mien, son cœur battait la chamade dans ma poitrine, ses peines se confondaient avec celles que j'éprouvais. Des milliards d'êtres humains, des endroits différents, des paysages, des films, des musiques, des guerres, des pièces de théâtre, la politique, la faim dans le monde, le sport, l'université, les prisons, l'Histoire, la famille… Rien ! Pour nous il n'existait alors plus rien au-delà d'elle et moi.

De retour à Berlin vers la fin de l'été, nous sommes entrés dans l'automne et sa grisaille. Les semaines se succédèrent, avec elles d'autres bouleversements. La joie de Maya fut sans commune mesure quand fut proclamée la réunification allemande le 3 octobre 1990, qui consacra la mort de l'État de la RDA. Elle vécut cette date comme la fin définitive d'un cauchemar. La soirée devant le Reichstag restera inoubliable pour elle comme pour des centaines de milliers de personnes dans les rues de Berlin ce jour-là. Un océan de drapeaux s'est répandu dans les avenues, la plupart noir, rouge et or, certains bleus avec des étoiles dorées pour rappeler l'attachement de cette Allemagne nouvelle à l'Europe. Le son des cloches avant l'hymne national repris en chœur annonçait la liberté retrouvée, la fraternité restituée après des années de séparation et de tensions. Certains sceptiques notèrent néanmoins que le vote ne s'était pas fait par la voie du référendum, comme si les politiques avaient pris soin d'écarter le peuple du processus de décision.

De cette soirée, Maya a retenu l'émotion dans les yeux en pleurs, le spectacle des feux d'artifice qui fêtaient la fin d'une époque douloureuse et troublée, la ferveur des discours et la sincérité de l'espoir symbolisé par une multitude de bougies tenues fermement à bout de bras par tout un peuple soulagé, uni et confiant en son avenir.

Je ne mesurais pas l'importance de l'événement. Pour Maya, quelque chose dans mon incapacité à partager avec elle ces instants lourds de significations l'attristait et la blessait. Je n'étais pas sensible aux aspects symboliques et historiques des décisions officielles, tout cela me semblait constituer une simple suite logique à la chute du mur. Maya se désolait. Elle me trouvait désabusé et cynique, un peu superficiel aussi ; peut-être à juste titre, car mes préoccupations tournaient autour de sa personne et de ma musique.

Même si notre groupe n'avait vu le jour que quelques mois plus tôt par un heureux concours de circonstances, il était devenu pour moi une activité à temps plein. Au début nous n'avions aucune prétention, aucune ambition sinon celle de se faire plaisir, goûter à la vie d'artiste. S'y croire un peu quand nous nous retrouvions sous les spots lumineux, aveuglés par les feux des projecteurs face au public souvent clairsemé. Au fil du temps, nos balbutiements avaient fait place à un désir de perfection, ensuite vint une boulimie de mots à placer sur les agencements de notes de plus en plus complexes et harmonieux. Une impulsion qui envahissait nos êtres, une drogue, une nécessité de chaque instant, l'urgence de concevoir, créer, en perpétuelle effervescence. Une quête qui ne s'achevait jamais. Nous composions nuit et jour des chansons plus folles les unes que les autres. Puis arriva la fureur comme un élan incontrôlable car nous étions rarement satisfaits, sans cesse habités par l'obsession d'avancer toujours plus loin, au plus juste et authentique, tendre vers ce qui emballe et sonne le mieux, un éloge à la démesure. Imaginer de jolies mélodies, réinventer le rythme s'il le fallait. Engendrer et partager pour se rapprocher de soi. Ensemble nous avions conçu un art de la marge, sans nom, sans compromis possibles avec les sentiers battus ou la rengaine des bandes FM. Nous proposions une errance portée par des tempos hors normes et l'envie d'affirmer que chacun doit vivre comme il l'entend. Une culture de l'ouverture et de la spontanéité que nous brandissions comme un poing levé, nous hurlions un cri de rage. Résister, car pour nous nul n'était tenu de respecter les règles, les mots d'ordre et les lois qui enferment et empêchent de s'exprimer, d'être ou de se définir à sa guise. Trouver la force de devenir ce que nous étions vraiment.

Nous assumions des textes scandés à tue-tête qui rappelaient des hymnes pour dire nos rêves et nos espoirs. Quelques-uns, plus offensifs, extériorisaient notre colère face aux injustices, contre la misère et toutes sortes de violences. D'autres morceaux plus doux et sensibles, de la poésie versifiée pour encore plus de musique, des rimes embellissant les strophes, autant d'hommages à celles et ceux que l'on aime, qui nous sauvent. Des romances sur des cadences lentes et envoûtantes. Nos ballades naïves et romantiques, je les dédiais évidemment à Maya délice, présente à chaque concert, au premier rang. Elle me dévorait du regard, son pouce levé vers le haut avant de plaquer sa main sur son sein côté cœur. Ce geste, toujours le même pour m'encourager. J'avais alors plaisir à me dévoiler à elle sans artifices, mes pensées et mes sentiments à fleur de peau, sans calcul ni jeux. Chacune de mes postures, chaque accord, mes moindres attitudes inspirées uniquement par le bonheur de m'immerger corps et âme dans le moment présent et l'apprécier jusqu'à l'ivresse. M'oublier dans une transe, une échappée au-dessus du monde, comme l'on se dévêt pour s'offrir pleinement au bien-être.

Pascal avait dû puiser d'incroyables ressources avant de franchir le pas, une véritable transgression. Il s'était donné les moyens de rompre avec les codes moraux de l'orthodoxie familiale en se réinventant bien au-delà des valeurs auxquelles il s'était conformé jusque-là. Il se construisait peu à peu en s'opposant systématiquement à tout ce qu'il identifiait comme des vestiges de son éducation et se découvrait une âme d'esthète très minutieux et appliqué. Il passait le plus clair de son temps à se faire mal pour une note dissonante ou un enchaînement imparfait. Des nuits entières à fumer, à boire, tantôt pour terminer une chanson, tantôt pour tenter de séduire toutes les filles qui lui plaisaient. La scène le fascinait autant qu'elle l'effrayait. Parfois il sortait de ses gonds, s'avançait et occupait quelques instants l'espace qui nous séparait du public, un grain de folie, la nécessité de rompre la digue pour surmonter le trac qui le tétanisait autant qu'il le galvanisait. Survolté par tous ces pics de sensations, Pascal contracta une saine dépendance à l'adrénaline, la certitude pour lui de vivre constamment à toute allure, de ne jamais rien rater, toujours en alerte, en équilibre précaire sur la corde raide vibrant entre échec et succès, un jeu de quitte ou double sur le fil du rasoir. Finies les improvisations entre copains à l'arrière de cafés perdus en grande banlieue parisienne, finis les dimanches après-midi dans un restaurant en bordure de Seine passés à s'éreinter sur des standards de jazz tout sourire, chemise blanche, veste sombre, fine cravate noire, pantalon à pinces et souliers vernis. L'accoutrement de rigueur pour égayer les clients et faciliter la digestion du couscous royal d'un auditoire aviné et indifférent, habitué aux sonorités prévisibles de la variété française.

Berlin l'impudique nous proposait ses charmes du crépuscule jusqu'au petit matin, ce fut pour nous le grand saut. Pascal et moi côte à côte, chacun devant son amplificateur au fond de la salle de concert d'un café sur deux étages aux murs graffités. Au plafond, de fausses toiles d'araignées, noires, et, incrustées dans les murs, des sculptures de monstres et de squelettes en métal sombre tirant leurs langues fourchues, les yeux révulsés. Une autre fois nous étions tous les trois à nous perdre dans des solos sans fin lors d'un festival des héros locaux, un marathon de vingt-quatre heures contre la menace d'évacuation d'un squat, dans la cave d'un club de Mitte sur la Veteranenstrasse.

Nous nous étions transformés en guerriers des temps modernes, plongés dans le milieu underground berlinois en plein bouillonnement. Pascal, hier encore sage employé de la succursale d'une banque agricole dans un coin perdu d'Île-de-France, et moi, ex-fonctionnaire consciencieux de l'Éducation nationale française, noté moyennement, sans exigences particulières, bercé de temps à autre de nostalgie quand j'évoquais des projets irréalistes très vite autoréprimés et relégués au rang des chimères et des illusions. Je m'étais propulsé au cœur d'un magma créatif, l'horizon saturé de perspectives plus folles les unes que les autres. Je voyageais sans boussole dans l'épicentre de l'explosion de songes au cœur de la ville en mouvement.

De son côté, Clémentine, même si elle n'apprenait la batterie que depuis très peu de temps, étonnait par sa virtuosité. Elle faisait des progrès considérables à une vitesse phénoménale, certainement par goût de l'instrument mais aussi, je suppose, dans un but militant. Le fait d'empiéter sur un domaine souvent réservé aux hommes lui plaisait particulièrement. Elle entendait aussi se défouler, se décharger de ce bouillon d'énergie vive enfouie en elle. Clémentine frappait sec sur les toms ou sur le charleston et se débarrassait ainsi de ses accès d'agressivité mal assumée par son inconscient de jeune fille modèle éduquée dans la politesse, la modération, jupes plissées, serre-têtes, le contrôle de soi et la répression de toute expression démesurée de ses sentiments.

L'idée d'associer Clémentine au duo que nous formions Pascal et moi en jouant dans notre appartement ou dans les parcs, germa alors que je rendais, un soir, visite à Maya. J'avais appris qu'elle pratiquait quotidiennement son instrument. Je lui avais proposé de répéter une fois avec nous, une jam-session juste pour nous amuser dans la cave mise à disposition par l'association de soutien aux sans-papiers pour laquelle elle travaillait de temps en temps, située de l'autre côté de la rue, à dix mètres de leur squat. Après des tâtonnements et quelques crispations, la première séance s'était si bien passée que nous avions décidé d'en faire un rendez-vous plus régulier. Cela me permettait au passage de soulager mon addiction : voir Maya le plus souvent possible. Car, têtue, mon amour refusait farouchement d'habiter avec moi. Elle se disait fière de son mépris envers ce genre d'aspirations qu'elle qualifiait de médiocrités petites-bourgeoises, prétextant ne pas être sortie d'une cage pour s'inventer de nouveaux barreaux. Elle voulait que l'on s'aime à la folie, mais n'avait aucune intention de faire de moi son époux ou quoi que ce soit d'aussi ringard et banal.

Insensible amour, sourde à mes souffrances, j'avais beau la supplier, lui dire que mes heures sans elle me semblaient fades, une véritable torture. Inflexible, elle passait sa main dans mes cheveux, certaine que je finirais par reconnaître qu'elle avait raison.

Nous allions de concert en concert, parce que Berlin l'espiègle était si curieuse et avide d'originalité qu'elle offrait ses nuits à tous les créateurs, petits ou grands. Partout nous était réservé un accueil digne de professionnels avec à la clé un repas chaud pour chacun, une caisse de bières, une rémunération honnête pour presque deux heures de musique très rapide, bruyante. Cent vingt minutes à s'égosiller et à s'abîmer les cordes vocales sur une scène surélevée d'à peine vingt centimètres, le public à portée de guitare, une vague humaine gourmande de fêtes et d'aventures de l'instant, pupilles dilatées, un verre à la main. Elle réclamait de la folie, de la joie, toujours plus de singularité, que ça pète et délire, à nous de tenir le coup jusque tard dans la nuit.

À chaque sortie, Clémentine, en immersion dans la musique, restait sobre dans son euphorie qui ne se distinguait qu'aux teintes de rouge un peu plus vif sur ses joues et aux lueurs particulières dans ses yeux. Des étincelles discrètes qui n'éclairaient que faiblement sans jamais exploser, avant de disparaître dès la fin du dernier rappel. Peut-être désirait-elle que l'instant s'étire à l'infini, que le monde se résume à ce spectacle qui lui permettait de se révéler aux autres telle qu'elle le souhaitait, bien visible mais toujours un peu en retrait, en arrière-plan, dissimulée derrière son instrument et somme toute omniprésente. C'est elle qui produisait la sève des chansons, les débuts, les fins, les changements de rythmes, la respiration qui donnait son pouls à notre ensemble.

Je savais qu'en secret elle admirait Maya l'excessive, cette manière qu'elle avait de ne pas savoir masquer ses émotions, ses larmes d'allégresse, ses crises d'hystérie à la moindre contrariété. Maya était un tumulte permanent, elle s'exprimait sans retenue ni tabous là où Clémentine, indécise, peinait à trouver une issue, tergiversait et finissait par abandonner. Toujours discrète, contenue, elle s'effaçait, préférait souffrir bouche fermée alors que les mots se bousculaient dans son esprit. Elle était un cœur en sécheresse, chaste depuis des années, les désirs et les envies qui grondaient en elle hésitaient et tournaient en rond.

Maya m'avait dit un jour qu'il fallait sans doute à Clémentine le temps de se réconcilier avec les caprices de son corps, apprendre à s'accepter, l'assumer ensuite, et en faire pourquoi pas une force, une source d'épanouissement. Puis elle s'était tue Maya, comme surprise par les mots qu'elle venait de prononcer. Il semblait qu'elle parlait d'elle-même…

C'était une de ces fins d'après-midi de novembre, Berlin ralentissait son pouls, la ville tout entière grelottait et s'enrhumait aux premiers givres de l'aube.

Maya coupa court au dialogue. Elle s'approcha avec une moue très sensuelle et débuta le jeu qui me rendait fou de désir. Celui qui m'imposait de rester spectateur passif devant elle qui se donnait en spectacle. La règle exigeait que l'appétit me consume jusqu'à perdre la raison parce qu'assise devant moi sur une chaise, jambes ouvertes, pliées, appuyées sur la pointe de ses pieds, elle remontait sa jupe jusqu'à sa taille. Les doigts de Maya me faisaient l'honneur de m'inviter à la messe de ses jeux solitaires jusqu'aux sommets de son plaisir.

Les non-dits s'installaient entre nous. Nous évitions les discussions difficiles et l'harmonie de nos corps retardait la descente aux enfers des incompréhensions. J'aurais dû réagir bien plus tôt. Maya, fuyante, embourbée dans ses contradictions, mes faiblesses devant ses tentatives d'esquive. Elle ne s'y retrouvait pas, avec tous ces chambardements, car Berlin déraisonnait et allait dans tous les sens, la ville se cherchait et perdait parfois la tête.

Maya peinait, malmenée entre la couleur de sa peau qui la marginalisait sans qu'elle comprenne bien pourquoi, la pénible adaptation aux dures réalités de la vie dans le capitalisme, et moi qui ne me rendais compte de rien et fuyais la confrontation.

Mes lâchetés m'étaient très pénibles. Je n'étais pas fier de mes démissions. C'est vrai, j'entrevoyais parfois les difficultés de Maya, mais je ne me sentais nullement légitime ou capable de la soutenir dans son combat avec ses ombres à elle. J'avais opté pour le refuge derrière l'idée que ce n'était là ni ma place, ni mon rôle, je craignais qu'elle parte et me laisse, triste, orphelin de ses extravagances et du rythme haletant qu'elles avaient imprimé à ma vie.

Ma peine était grande, un blues abyssal qui rappelait Berlin la grise, quand la ville est laide parce que son horizon se voile, barré par la chute des dernières neiges d'avril ou figé sous la rigueur des mauvais jours d'automne. Lorsque le ciel très bas, déserté par la lumière, pèse sur les organismes et ravive les cicatrices, l'intempérie menace et la clarté se résume à un vague souvenir, une nostalgie de juin, de plages et de soleil les yeux plissés, nus au bord d'un lac. Le remords devient un venin plus corrosif encore que pendant la déprime de mars quand l'hiver résiste encore et se transforme en un déluge de pluies froides décidées à ne plus s'arrêter.

Je me reprochais mon attitude attentiste sans pouvoir me trouver de raisons valables. Ne me restait que ce sentiment diffus entre la peur de la perdre pour toujours et la honte de ne pas avoir été présent pour elle.

Un peu plus d'un an après la chute du mur de Berlin, le 6 décembre 1990 un Angolais décédait à Eberswalde dans le Land Brandenbourg. Fin novembre, l'homme avait été passé à tabac par une vingtaine de skinheads qui rôdaient dans la ville à la recherche d'une cible. Après s'être rassemblés devant une discothèque, des jeunes crânes rasés, toujours en bande, avaient investi les quartiers du centre avant d'arpenter les rues en quête d'un étranger sur qui cogner, juste comme ça, pour passer leurs nerfs et signifier qu'ils traqueraient et ne laisseraient aucun répit à tous ceux qui n'étaient pas à leur image ou conformes à leurs idées. Les communiqués de presse précisaient que l'un d'eux, chaussé de rangers, avait sauté à pieds joints sur la tête du jeune de vingt-huit ans alors qu'il gisait au sol, inanimé. Des agents de police avaient été témoins du crime sans porter secours à la victime, le nombre insuffisant de fonctionnaires présents sur les lieux les aurait empêchés d'intervenir… Avant son trépas, le calvaire du malheureux s'était prolongé pendant dix jours d'un profond coma duquel il ne s'était jamais réveillé. Les deux Mozambicains qui l'accompagnaient avaient réussi à fuir malgré de graves blessures à l'arme blanche, leurs vies n'étaient pas en danger.

Après avoir lu l'article dans le journal, je me suis empressé de rentrer chez moi pour appeler Maya et lui faire part de mon indignation. Je voulais qu'elle puisse compter sur moi pour la soutenir. La nouvelle de l'attaque l'avait ébranlée, elle se renseignait quotidiennement sur l'état de santé de l'homme entre la vie et la mort et espérait chaque jour qu'il s'en sorte. Maya se sentait très concernée car, comme elle le répétait, si elle s'était trouvée au mauvais endroit au mauvais moment, elle aurait été la victime. Elle souffrait énormément de ces accès de violences inexplicables à ses yeux. Depuis plus de douze mois déjà, les mots de changement, de liberté et de réunification étaient sur toutes les bouches, l'heure était à la liesse et à l'avènement d'un monde meilleur. Pourtant le racisme avait tué dans la rue. Le cynisme et l'horreur de la situation plongeaient Maya dans une espèce de froideur faite de désir de vengeance et d'une terrible angoisse qui la faisait trembler. Elle semblait alors au bord de la folie et sombrait dans une sorte d'hystérie qui m'effrayait.

J'aurais dû chercher mes mots avant de lui annoncer ce que, du reste, elle savait déjà. Je suis révolté lui ai-je dit, scandalisé, tu sais le Noir qu'ils ont agressé là-bas, à l'Est, il est mort, c'est affreux. Elle ne m'a même pas laissé le temps de lui dire qu'il fallait qu'on fasse quelque chose… Maya m'a répondu d'une voix glaciale, précisant d'abord qu'elle aussi venait de l'Est, là n'était pas la question, et qu'avant de le définir d'après la couleur de sa peau, je ne devais pas oublier qu'il s'agissait d'un être humain qui avait un nom. Il s'appelait Amadeu Antonio, avait une famille, sa femme était enceinte. Pense à sa mère, continua-t-elle, aux proches à qui il allait manquer sans doute toute une vie. Aveuglée par le choc, Maya m'avait asséné le coup de grâce, à ses yeux je ne valais pas beaucoup mieux que les monstres qui l'avaient condamné en le réduisant à la couleur de sa peau. Ceux qui avaient nié son humanité en faisant de lui une chose… Un Noir.

Sa déception s'est abattue sur moi comme un coup de poing, et plus j'essayais de m'expliquer pour m'en sortir, plus je m'enfonçais. Aujourd'hui je crois qu'il aurait suffi de lui expliquer que je comprenais et partageais sa peine. Mais ce jour-là, furieuse et surtout très triste et amère, sans pitié pour ma maladresse, elle m'a raccroché au nez.

Ensuite, Maya refusa obstinément de répondre quand je l'appelais. Pascal est venu dans ma chambre pour me dire que tout cela le dépassait. Il est resté d'abord sans voix devant ma mine sombre, hagarde, délavée de toute substance, un abîme ouvert sous mes pieds, au lieu précis où mes tourments s'engouffraient en une formidable confusion, parce que Maya persistait à se montrer détestable, insaisissable. Il a tout de suite compris que ça n'allait pas, une fois de plus… Pascal m'a demandé pourquoi j'avais tant de scrupules et ne profitais pas de Berlin la fantastique, une respiration qui lui permettait les expériences les plus folles.

Au lieu de cela, un jour il me voyait enthousiaste, heureux, rien ne me perturbait, j'étais le roi du monde ; plus tard, comme cette fois-là, j'étais à l'agonie, une grimace triste à crever imprimée sur la figure.

Pascal s'est assis en face de moi, impuissant devant ma dissolution. J'inspirais sa pitié tellement je lui semblais démuni et sans secours. Je l'écoutais et me taisais. Il évoquait les lumières dans mes yeux et l'énergie indestructible qui suintait de chacun de mes gestes, de mon regard et de mes mots, les jours de miel quand c'était Maya chérie, tout sourire, baisers et rires.

Il m'a amicalement tapé sur l'épaule, s'est levé en me tirant par le bras, il m'emmenait boire au café Tulpen pour me changer les idées.

C'était un jeudi en début de soirée, les couloirs du métro bondés, les passagers apprêtés pour la fête, une bouteille à la main, des canettes de bière dans un sac en plastique, maquillage pour les filles, la ville se préparait à danser, s'esclaffer, s'enivrer, s'amuser jusqu'à n'en plus pouvoir. Une rame s'était arrêtée devant nous, bruyante, pleine à craquer, Pascal et moi debout, aucune place assise. Nous échangions quelques mots, mais il n'arrivait pas à m'extraire de mon blues. Nous roulions dans le métro aérien, d'en haut j'observais la ville. La Spree serpentait paisiblement, au loin je devinais le Tiergarten, ses dédales, les petites clairières entourées de buissons, sur leurs rives les barques vertes, les vastes étendues de gazon, les promeneurs solitaires, de l'herbe au bord des plans d'eau dormante ou sous l'ombre des arbres. Un joli toit pour s'aimer sous la pluie, Maya et moi immergés du parfum de la mousse et de la terre mouillée dans la clarté de l'aube ou du crépuscule qui fait plisser les yeux.

Quelques grues saturaient le paysage de la ville en pleine métamorphose, une mue urbaine à grande échelle qui deviendrait bientôt le plus grand chantier du monde. Du no man's land de Potsdamer Platz s'ébauchait l'émergence d'une immense place, vitrine de la ville réunifiée. J'y avais furtivement aimé Maya dans la cabine d'une tractopelle, loin des regards indiscrets, sur le chemin vers l'une des discothèques en sous-sol de la place qui tint le haut du pavé pendant quelques mois avant de disparaître. Nous y dansions jusqu'à l'aube puis repartions hilares et saouls, avec dans nos têtes embrumées des images éphémères qui nous berceraient longtemps et des expériences fortes gravées dans la mémoire de nos corps.

Dès le printemps 1990, des bureaux d'architectes planifiaient l'avenir de Berlin, traçant des lignes géométriques complexes sur les écrans d'ordinateurs dernier cri. Ils préparaient l'installation d'une gigantesque machinerie, une ruche dans la ville composée d'ouvriers des travaux publics venus de toute l'Europe, de tonnes de béton et d'acier, de marteaux-piqueurs, tout un grouillement en action de jour comme de nuit. Pendant ce temps-là, nous, aveugles et insouciants, en lévitation béate dans notre bulle dorée, nous espérions encore que rien ne changerait jamais, que l'on pourrait s'étreindre pour toujours adossés contre un arbre ou au détour d'un bâtiment inachevé.

Je réalisai que les lieux de nos joies, de nos tristesses, de nos peurs et de nos espoirs disparaîtraient sans doute. Les maquettes géantes des entreprises multinationales qui dévoilaient en miniature notre Berlin à venir le confirmaient.

Des immeubles de verre y verraient bientôt le jour, des gratte-ciels pour abriter les sièges sociaux des plus grandes banques de la planète, des magasins de mode, de géantes galeries marchandes couvertes, lumière artificielle, toutes sortes de produits à portée de main, restaurations rapides, des commerces bien rangés les uns à côté des autres. Les mêmes enseignes que de Madrid à Sofia en passant par Paris, des sanctuaires du triomphe de la société de consommation sur plusieurs étages.

En regardant plus loin du côté du Reichstag, j'apercevais Berlin l'agile qui jouait à cache-cache avec le conformisme en provenance de Bonn dans des valises en cuir et carton rigide. Une autre folie, celle d'ordonner nos rêves, les transformer en des objets lucratifs. Ils venaient vêtus de costumes trois pièces bien coupés, attachés-cases encombrés de plans clés en main pour tailler rapidement à la ville sa panoplie présentable de capitale d'hier et de demain. À proximité des endroits qui avaient accueilli la convulsion révolutionnaire on dansait la valse de grosses berlines flambant neuves conduisant des fonctionnaires sérieux et pressés. Ils avaient déjà rasé les chapiteaux qui trônaient de l'autre côté du Tiergarten. Clémentine, Maya, Pascal et moi adorions ce temple de la musique en plein air pour avoir assisté là-bas à des concerts extraordinaires les soirs d'été, effluves de marijuana, bonne humeur, rythmes du monde entier, une atmosphère particulière. Maya aimait y siroter un cocktail au fort goût de menthe et de rhum, Pascal rigolait, un gobelet de bière à la main et Clémentine un peu stone tanguait mollement d'avant en arrière.

À la place se bâtissaient les symboles imposants de la Nation, des salles de conférences, des espaces informels de discussion, toute la panoplie du protocole, des édifices faits pour durer et livrer une image à la hauteur des nouvelles ambitions du pays réunifié, et autour desquels patrouilleraient les forces d'un ordre nouveau.

J'oubliai les grues, nous descendîmes sur le quai. La station Kottbusser Tor me ramena au souvenir, et puis je savais Maya si près. Pascal se rendit compte de mon trouble, je le rassurai d'un clin d'œil entendu. Tulpen était devenu un de nos cafés favoris depuis que Clémentine nous y avait emmenés pour son anniversaire peu après notre installation à Charlottenburg. Nous avons gravi l'escalier jusqu'à l'entrée très sobre, une porte sombre entourée de carreaux noirs, dessus le dessin d'une tulipe rouge. Pascal poussa la porte, tout de suite assailli par une forte charge de décibels dans les oreilles, du heavy metal, ou de la pop anglaise. Un nuage de fumée nous enveloppa, la majorité des clients étaient debout autour des tables ou accoudés au bar, certains dansaient ou s'enlaçaient dans la lumière tamisée au fond de la salle, l'ambiance était bonne, Pascal en état d'excitation.

Accrochée aux robinets des bières pression, la serveuse, une femme sans âge, toujours la même, un nez sec et pointu, des lèvres fines, look androgyne, cheveux blonds, presque blancs, coupés à ras, un magnifique port de tête, plus bas, un tee-shirt à trous sous lequel pendait la double chaîne fine, argentée, reliée aux boucles noires qui perçaient les tétons de ses petits seins en forme de poire. Elle a salué dans notre direction d'un geste machinal.

Pascal et moi nous sommes installés sur des places assises miraculeusement libres vers le centre de l'arrière-pièce. Tiny s'est présentée comme une Chinoise de New York de passage à Berlin ; à cause de son accent, du bruit de fond des discussions autour de nous et surtout de la proximité des baffles, je n'ai pas pu saisir le reste, elle avalait la plupart des syllabes. La jeune femme empestait un mélange de tabac, de vin et d'autres alcools que je n'arrivais pas à définir. Elle avait embrassé la bouche des femmes et des hommes qui se trouvaient sur le parcours jusqu'à notre table. Les yeux fermés, pouffant de rire chaque fois qu'elle remerciait l'heureux ou l'heureuse élue d'une espèce de révérence maladroite qui manquait de la faire tomber à la renverse. Son show plaisait beaucoup, certains en réclamaient davantage, la suppliant de ne pas s'arrêter. Quelques-uns l'applaudissaient encore quand elle s'est assise dos au mur en face de nous, à peine trente centimètres nous séparaient. Elle fut rejointe par son cousin résidant à Hong Kong, hilare et encore tout excité d'avoir fait l'amour dans les toilettes avec un inconnu sans voir son visage. Il racontait son aventure toute fraîche les yeux écarquillés, ses mains allaient de ses cheveux noirs, raides, coupés en brosse, à sa bouche, pour accentuer son étonnement ou son émerveillement. Ils s'échangeaient de courts baisers sur les lèvres et, ensemble, jouaient aux devinettes pour retrouver cet étalon anonyme parmi la multitude serrée. Ils s'amusaient beaucoup. Nous buvions.

Au hasard de leurs accolades Tiny braquait un de ses yeux bridés aux éclats intensifiés par ses expérimentations éthyliques tantôt sur moi, tantôt sur Pascal, je détournai mon regard. Elle tendit ses lèvres à Pascal, opportuniste, toujours à l'affût. Ils s'empoignèrent avec fougue par l'arrière de la tête, se collèrent l'un à l'autre pour un long baiser avide, comme s'ils voulaient se dévorer une partie du visage. Le cousin les encourageait avec de petits cris stridents, il frappait frénétiquement dans ses mains avant de s'en aller en remuant son bassin, les bras dans les airs pour se fondre à nouveau dans la foule en route vers d'autres expériences éphémères et palpitantes.

Tout au long de la soirée, nous avons payé des tournées à tour de rôle, j'avais retrouvé un semblant d'entrain et de bonne humeur. Tiny parlait beaucoup, son débit m'impressionnait, elle vantait Berlin l'incroyable, fascinante, délirante. Elle maîtrisait l'emphase des Anglo-Saxons quand il s'agit d'éloges. J'avais remarqué la douceur de ses traits, dessins ronds et discrets sur un visage plat et menu. Sous le renflement de ses paupières, deux traits blancs, quelques millimètres humides, perlés d'un noir lumineux à peine perceptible. Elle était vraiment belle. Son aptitude à tenir la boisson était ahurissante. Elle s'est lancée dans un dialogue très animé avec Pascal, et j'éprouvais de plus en plus de difficultés à suivre son discours.

Ils disparurent quelques instants, soudés corps contre corps au sein de la cohue, longilignes, mouvements reptiliens, un peu maladroits. J'ai monopolisé un joint qui circulait dans l'assistance, tiré de longues bouffées en appuyant fort sur le filtre, ma langue, mon palais et l'intérieur de mes joues s'imbibaient du goût suave, presque sucré du mélange d'herbe et de tabac blond. L'envie d'emplir mes poumons du feu de la marijuana, que mon cerveau s'engourdisse et se noie sous l'effet apaisant de l'hallucinogène, qu'il me rende la chaleur au creux du sein de Maya et que je retrouve la sensation de m'endormir alors qu'elle susurre des folies et des mots d'amour à mon oreille.

Puis je crois avoir trinqué et rigolé avec des inconnus, je ne me souviens pas bien, la soirée a dû s'éterniser.

Maya, à mon réveil cette nuit-là, je me languissais de toi. Un rapide coup d'œil par la fenêtre, il avait neigé entre-temps. L'horreur après l'excitation, l'angoisse qui se cherchait en vain une raison alors que l'effet de l'alcool s'estompait. Ma mémoire titubait, ne restait qu'une couche d'amertume compacte collée sur ma lèvre inférieure. Une bile dégoûtante s'annonçait au fond de ma gorge. L'envie de pleurer comme un enfant. L'intérieur de mes membres me démangeait, un corps étranger qui oscillait entre le chaud et le froid d'une seconde à l'autre. Les bourdonnements dans ma tête refusaient de s'arrêter, le réveil électronique indiquait 5 h 42. Je pensais à toi. La solitude et l'impossibilité de me souvenir de ce qui s'était passé après Tulpen, où étaient donc les autres ? Le désordre autour de moi, les odeurs de tabac froid et de mauvais vin, des mégots et des cadavres de bouteilles sur la table en carton, des paroles griffonnées à l'intérieur de l'emballage d'un pack de bières, une chanson que personne n'entonnera jamais. Des notes illisibles. Peut-être était-ce une adresse, mes yeux dans le brouillard éprouvaient un mal fou à faire le point sur les lettres. L'atmosphère encore lourde de fumée m'empêchait de réfléchir, j'ai toussé et ça brûlait aussi sous mes paupières. J'ai souri en constatant que, malgré l'ivresse, j'avais eu la présence d'esprit d'enfiler un pyjama avant de m'allonger. Les idées se réorganisaient peu à peu, Pascal et Tiny étaient rentrés avec moi pour finir la soirée autre part, puis plus rien… Je ne tenais pas debout, j'avais préféré rester, ou plutôt faire une pause avant de les rejoindre, j'avais oublié.

J'ai eu une vision insupportable. Tes yeux égarés et sombres paraissaient se dissoudre dans leur orbite comme dans une cire obscure.

Maya, j'ai aperçu ton visage au milieu des gros flocons cotonneux à travers la fenêtre du salon, image délicieuse qui m'a apaisé, une évasion dans la nuit bleue au clair de lune reflété par le sol immaculé.

J'ai appuyé sur la touche lecture du répondeur téléphonique qui clignotait en espérant ta voix ma chérie, celle quand tu étais heureuse, qui sortait du plus profond de toi, une illumination dans les ténèbres, une déferlante dans ma moelle épinière : Maya irrésistible.

Un souffle très faible venant de ta poitrine a murmuré, je t'attends quand tu veux, viens Stan, j'ai besoin de toi, la nuit est encore longue. Je jubilais puisque tu réclamais enfin ma présence, tu m'avais pardonné. J'ai adoré que tu aies besoin de moi. Tu as rendu leurs sens perdus à mes jours et à mes nuits. Maya, l'axe autour duquel j'existais et gravitais.

Après le bip de fin, j'ai réécouté le message plusieurs fois, pour le plaisir. J'avais le cœur battant. J'imaginais ta moue coquine, des mots sur tes lèvres épaisses, ta bouche mouillée. M'abreuver entre tes jambes comme l'on se désaltère à la source d'un torrent où l'on se réveille à la fraîcheur d'un matin, le nez inondé de tes parfums. Maya sirène, j'attendais de nager dans tes eaux et de t'entendre soupirer ce timbre de ta voix qui suffit à ma joie. Tes hymnes à la déraison, notre nourriture de l'ardeur.

J'avais très envie de toi, de parcourir lentement ton corps, de prendre le temps même si l'appétit me dévorait déjà. Je me suis chaussé à la hâte, j'ai enfilé un blouson par-dessus mon haut de pyjama, et pris un peu d'argent au creux de ma main pour le taxi.

J'ai trotté gaiement à travers le calme des deux cours intérieures. Mes pieds couinaient, ils s'enfonçaient dans la neige encore fraîche, le bruit m'amusait, je l'exagérais en appuyant plus fort. J'appréciais cet aspect irréel de la nuit d'hiver, entre lune et tapis blanc, un mariage particulier de noir et de lumière. Je me pressais tant que j'ai glissé et suis tombé sur le dos. D'abord la chaleur de la sueur et soudain une sensation glacée traversa la fine toile de mon pantalon. J'ai ouvert mes bras comme on déploie ses ailes, j'aurais voulu t'aimer là dans la rue silencieuse. Je me suis redressé pour me diriger vers la station de taxis du grand croisement de la Sophie-Charlotte-Platz.

Tu m'obsédais, Maya, ta présence était devenue une nécessité, je pensais en double. Ton absence pendant plusieurs jours m'avait érodé, un acide surpuissant. Je dépendais des aléas de tes humeurs. J'endurais l'intolérable en espérant m'allonger juste à côté de toi, m'imprégner de la toile de tes cheveux, fermer les yeux bercé par ta respiration quand tu dors profondément. Deviner ta prochaine inspiration, anticiper l'expiration qui s'annonce, sentir simplement que tu es là, omniprésente sur ma planète.

Dès que je me suis installé sur le siège avant, le chauffeur de taxi a remarqué mes habits de nuit, mon haleine empestait des exhalaisons âcres et fétides, il a grogné. Mes billets bien visibles dans la main, je l'ai assuré que je ne sortais pas d'un asile de fous. J'étais juste pressé de rejoindre celle que j'aimais, aussi banal que ça, j'allais renaître de jours insupportables. Le moteur en marche, il a enclenché la vitesse automatique, nous roulions. Je restais sage, surtout qu'il ne s'arrête pas, la course allait durer une éternité.

Avant l'imminent lever du jour, la ville se remettait lentement de ses excentricités nocturnes, ses lumières magnifiques resplendissaient au milieu et sur les sommets de son vêtement pâle et froid de décembre. Berlin dormait encore pour une heure ou deux. Ses larges artères, plus majestueuses encore quand elles étaient vides. J'avais l'étrange impression que la capitale en devenir me déroulait son tapis de gala car Maya m'attendait là-bas, sûrement assise sur son lit dans son gros pull à col roulé et ses guêtres en laine mauve. Malheureusement, le temps courait au ralenti. Nous passâmes les portes massives de Charlottenburg comme on traverse un portique. Les prostituées avaient déserté les larges trottoirs qui bordaient le Tiergarten, l'intempérie avait sans doute découragé leurs clients. L'homme à mes côtés ne disait pas un mot, je l'intriguais. Je crois qu'il espérait en finir au plus vite, inquiet de mes éclats de rire étouffés, sans raison apparente.

Au feu rouge face à la Siegessäule, un autobus des transports en commun s'est placé à notre droite, il obstruait ma vue et m'éloigna un instant des rêveries que m'inspiraient les grands arbres du parc recouverts d'une dense poudre laiteuse, ombres rondes et crayeuses. Elles m'ont rappelé les courbes, les vallées et les monts de la douce que j'allais rejoindre et coucher nue sous ses draps.

À l'intérieur du car, sept passagers, un homme avachi sur la banquette arrière, un gros sac usagé en plastique posé près de lui, une canette de bière à la main. Il cuvait sans doute des échecs de l'existence et dormait profondément. Au milieu, six femmes voilées emmitouflées dans leurs manteaux gris, informes, elles partaient nettoyer les couloirs, les salles et les sanitaires des établissements publics avant l'ouverture.

L'automobile couleur moutarde continuait posément sa route, claquements de la boîte de vitesse automatique et ronronnement monotone du moteur diesel sur le bitume gelé. Je voulais rapidement retrouver la magie de la langue de Maya engloutie dans ma bouche pendant les ascensions et les lentes descentes de mes doigts tout au long de son entrejambe, alors que sa main entoure mon désir raidi et qu'ensemble nous explorons le bonheur de jouir simultanément. Il ne restait plus que quelques minutes avant la délivrance, des fourmis me taquinaient le ventre, je trépignais de tout mon être, la chamade dans la poitrine.

Je t'ai trouvée. Maya, louve protectrice, tu avais dû scruter la rue des heures durant et me reconnaître au sortir de la voiture garée devant ton immeuble, puisqu'un coup furtif sur le bois de ta porte d'entrée a suffi pour que tu m'ouvres. Tu portais ma chemise en lin rose, jambes nues, l'index contre les lèvres car il ne fallait pas déranger Clémentine qui ronflait à côté. Dans la pénombre je n'ai distingué que vaguement les profonds cernes sous tes yeux. Tu m'as entraîné à pas de velours, notre étreinte approchait. Je palpitais au contact de ta moiteur, un parfum puissant émanait de toi. Maya à moitié dévêtue, tu savais que j'adorais tes parfums naturels quand tu tardais avant la douche. Je m'immergeais alors dans un bain de phéromones, d'innombrables cellules voluptueuses s'immisçaient par les conduits de ma peau et remplissaient mes poumons jusqu'à envahir tout mon être, Maya l'ardeur!

Tu as fermé derrière toi, m'as poussé sur le lit. J'y suis tombé les bras en croix, le derrière sur le sol. C'est là que tu as découvert mon pyjama, tu as ri et ri de plus belle avant de te souvenir que nous devions rester silencieux. Ensuite tu m'as fixé, autoritaire, vêtue d'une de tes culottes bon marché aux couleurs délavées, littéralement avalée par le rebondi de tes fesses. Tu t'es d'abord retournée pour que j'admire la délicatesse de tes pas chaloupés avant de t'approcher doucement de moi, tu rampais, ta tête voyageait en rotation de gauche à droite. Tu m'as interdit tout mouvement, ton sourire carnassier exagérait le retroussement délicieux de ta lèvre supérieure sur tes dents. Mon amour, j'ai déchiffré ainsi tes intentions. Tu as libéré mon désir dressé devant toi du léger tissu qui le recouvrait, moi, au bord de l'explosion car tu me goûtais millimètre par millimètre en promenant tes doigts souples, au bout tes griffes de fauve, tantôt dans mon dos, tantôt dans la région du ventre. Enflammé, je me suis cabré sans savoir ni patienter ni résister car tu m'aspirais et m'engloutissais dans ton paradis de salive en fusion, alcôve brûlante à souhait, douceur extrême, sensations intenses qui flirtèrent avec l'insoutenable lorsque ta langue s'enroula et circula savamment sur la cime tendue. Je basculais. Tu t'arrêtais parfois brusquement, malicieuse, tu me dévisageais alors, un défi.

J'ai réclamé, t'ai supplié de continuer. Maya prêtresse, tu me dirigeais à la baguette, j'étais devenu pantin de ta bouche, une chose volontiers soumise et dépendante. Courtisan dévoué, je te vénère tellement je t'aime.

L'heure du concert approche, le soleil a complètement disparu du fond de la vallée, avec lui les tons vermeils derrière les courbes ouatées des derniers nuages. Je regarde le ciel se couvrir peu à peu de guirlandes d'étoiles dans l'immensité bleu foncé. La lumière est superbe, elle s'éloigne des hauteurs alentour qui semblent se changer en inquiétants colosses endormis, cachés dans les ténèbres de plus en plus denses. Il ne reste plus que les faibles lueurs de la salle pour éclairer la place, celles de la porte d'entrée et des fenêtres du premier étage où nous logeons.

Au cœur des montagnes, je devine la présence d'un minerai noir et brillant, très dur, de la matière rigide sous la croûte de ces titans dont nos ennemis sanguinaires, ceux qui nous menacent dans leur nuit de frustrations et de bêtises, disent qu'il forgea le caractère rude et sans pitié des guerriers germains, barbares de l'Antiquité, fiers soldats armés d'épées et de boucliers d'acier, pilleurs, violeurs et saccageurs des civilisations antiques.

Mes mots se bousculent puis s'éteignent au sortir de ma bouche, je suis incapable de dire quoi que ce soit pour briser le silence et m'adresser à Pascal. Perchée sur son rocher à enchaîner les cigarettes,

Clémentine boude encore. Et si elle s'ouvrait et me parlait un peu plus, par exemple, de ce qu'elle ressent en ce moment. De toute façon son attitude m'empêche d'aller vers elle pour la rassurer ou la réconforter. Je suis désarçonné par sa manière d'être à la fois proche, en plein centre de mon champ de vision, et loin, rentrée dans sa coquille. Un jour peut-être cessera-t-elle de se protéger des autres. Moi, je suis à fleur de sentiment et ne peux plus camoufler grand-chose.

Jusque-là le trafic sur la route de campagne qui descend par l'est en direction de la salle a été sporadique, il se densifie alors en une colonne de voitures qui roulent vers nous. Nous évitons de croiser nos regards. Pascal a enfoncé ses poings au plus profond de ses poches, immobile, le corps penché vers l'avant dans une position ridicule qui trahit sa grande inquiétude. J'ai les bras ballants, la gorge sèche, chacun de nous en dialogue avec lui-même, le temps se fige.

Clémentine brise le silence. Je l'entends dire que nous résisterons coûte que coûte, le mur n'est pas tombé pour que reviennent la folie raciste et meurtrière, la négation, la différence mise au banc des accusés comme aux heures les plus horribles de l'histoire de l'humanité. Je partage sa colère, j'aimerais renchérir, mais à la vérité j'ai très peur. Je reste de marbre, la frayeur me cloue sur place. Dans l'adversité, quand le drame est très proche de soi, la lâcheté est-elle vraiment un crime ? Pascal décide de rejoindre la salle, sa voix a perdu toute assurance, il bredouille quelque chose qui m'échappe puis s'en va. Il se retourne à mi-chemin pour dire une parole d'encouragement, rien ne vient, il tente un geste dans notre direction puis se ravise avant de disparaître dans la pénombre. Clémentine secoue la tête et se tait. Elle est difficile à saisir, mais j'admire son engagement sincère pour le groupe.

Je me souviens de ce trop-plein d'émotions qui lui avait provoqué un malaise à la fin de notre premier concert dans une cave à Kreuzberg, ce fut pourtant un vrai triomphe. Elle croyait en notre projet musical parce qu'il débordait d'énergie, persuadée qu'elle était que nous y arriverions à force d'arpenter les scènes de l'underground berlinois et d'accumuler de l'expérience. Clémentine raffolait de notre son qui, disait-elle, était dans l'air du temps, puissant et rythmé, peu mélodique mais chaque fois que nous jouions c'était *party time*, et notre show s'améliorait. Elle harmonisait à merveille avec Pascal, complètement survolté pendant le set, avec sa façon très spéciale de tenir sa basse. Il bougeait comme un serpent et captivait les spectateurs à force d'être ailleurs et, selon elle, mon charisme, ma manière de vivre à fond nos textes permettaient une excellente communication avec le public.

Clémentine fait partie du collectif antifasciste qui, vers le mois de février dernier, a ouvert le bar du jeudi tenu par Maya dans la cour intérieure d'un des squats de la Tucholskystrasse. Une planche avait été posée sur quatre tréteaux, en dessous l'on avait entreposé cinq ou six caisses de bières, une douzaine de bouteilles de vin blanc et rouge, du cola autre que ceux des firmes américaines, quelques jus de fruits, le tout à prix modiques parce que Maya et les autres militants entendaient ne pas faire de profit sur le dos des clients. Les boissons étaient servies dans des gobelets en plastique transparent par souci de simplicité et pour trancher avec les conventions. Jusqu'à son départ, Maya y travaillait avec enthousiasme, en quête selon elle de valeurs essentielles aux êtres humains. Elle avait trouvé des interlocuteurs qui comprenaient son engagement et un espace pour son combat politique et social. Pour elle le vrai changement, la révolution qui amènerait enfin un monde meilleur trouverait tout son sens dès l'instant où chacun, à son modeste niveau, appliquerait les principes d'équité basés sur le respect mutuel. Jouir de l'existence, se faire plaisir en tenant compte des droits et des besoins d'autrui. Maya, révoltée par la violence, effrayée aussi par l'ombre du capitalisme sauvage et par la généralisation de la philosophie qu'elle appelait celle du toujours-plus-pour-moi-tant-pis-pour-les-autres. Elle se disait écœurée à en vomir par cette tendance à accumuler du matériel sans aucune dimension spirituelle.

Les mois passant, autant dire qu'à ses yeux notre histoire revêtait de moins en moins d'importance, elle affirmait m'aimer encore et même plus fort, mais je la sentais ailleurs. Maya s'agaçait vite quand je la sollicitais. Je me faisais pressant, elle étouffait et le manque me rendait plus impatient encore. Nous nous étranglions dans un dangereux cercle vicieux.

J'étais loin d'imaginer qu'elle peinait autant, surprise par l'absence de solidarité dans cet univers nouveau qu'elle découvrait. Elle passait des soirées, des nuits entières dans un café ou en discothèque à boire et faire la fête avec des personnes qui jamais ne venaient lui rendre visite chez elle et la dévisageaient comme une extraterrestre si elle sonnait à leur porte sans s'être annoncée au téléphone quelques jours plus tôt. Sans oublier les voisins qu'elle croisait dans sa rue depuis un peu plus d'un an et qui l'ignoraient pourtant quand ils la dépassaient sans un salut. Maya butait chaque jour contre les règles de l'individualisme. Elle n'en maîtrisait pas les codes. Il lui revenait paradoxalement la nostalgie de l'époque d'avant la chute du mur de Berlin, ses copains d'alors lui manquaient. Ceux qui connaissaient le vrai sens de l'amitié à l'université de Leipzig, lors des soirées à partager et à rêver ensemble, se serrer les coudes pour survivre aux pénuries et aux multiples incohérences du totalitarisme.

Au comptoir du bar ouvert une seule fois par semaine, du début de soirée jusque très tard dans la nuit, tant qu'il restait à boire et au moins un client, Maya s'efforçait de propager sa bonne humeur malgré ses traits tirés et ses angoisses. Elle ressentait fortement le besoin d'être parmi des femmes et des hommes illuminés comme elle, venus surtout d'Allemagne de l'Ouest mais aussi d'un peu partout en Europe et d'ailleurs. La cour du bar était peuplée d'hurluberlus aux looks plus originaux les uns que les autres, fraîchement débarqués à Berlin, attirés par la légèreté des mœurs de la ville qui s'offrait à tous pour construire son futur incertain, car bientôt serait coupée la perfusion de la puissance économique et financière de la République fédérale.

Maya s'énervait avec des éclairs dans le regard quand je me moquais gentiment de ces pseudo-aventuriers bercés de rêves de lendemains chantant des airs de justice pour tous. Des pacifistes qui n'avaient jamais connu l'adversité dans leur vie confortable, des révoltés par les injustices passées, présentes et à venir, protecteurs intransigeants des équilibres naturels, de la liberté des mœurs et de l'éducation anti-autoritaire. Maya avait une admiration particulière pour les rares autonomes qui fréquentaient son bar, antinazis radicaux prêts à en découdre avec les groupuscules d'extrême droite à la force des poings ou munis de barres de fer s'il le fallait.

Elle officiait pour ce peuple improvisé aux contours imprécis, plein de l'essence fragile et naïve de l'espoir. Un rassemblement de rêveurs réunis sur les ruines du mur autour d'un même but : se faire gardiens de la liberté dans un face-à-face impitoyable avec la résurgence de l'hydre brune se prévalant d'idéologies floues et mensongères qui, par la brutalité, le feu et les battes de base-ball, chassaient les étrangers et piétinaient la liberté d'opinion. La résistance s'organisait pour ne pas fléchir face aux extrémistes lobotomisés, perdus, frustrés, ignorants de l'histoire et des graves erreurs des générations antérieures, avec l'horreur et la barbarie du Troisième Reich comme modèle. Des jeunes hommes qui, à défaut de pouvoir être fiers d'eux-mêmes, l'étaient de l'illusion d'une Nation qu'ils supposaient menacée par la différence et la nouveauté.

Un soir au début du printemps, le 6 avril 1991, Clémentine a trouvé Maya les yeux rougis par les sanglots, l'humeur détestable, elle en voulait à la terre entière. La journée avait pourtant merveilleusement bien commencé après une longue nuit d'amour au terme de laquelle nous nous étions endormis en sueur, son corps nu couché sur le mien. Nous avions réussi à retrouver l'harmonie des premiers temps jusqu'en fin d'après-midi, heureux dans notre bulle dorée, front contre front, occupés à nous souffler des niaiseries d'amants devant deux verres de vin blanc, et à nous extasier comme des enfants à la terrasse d'un café de Kollwitzplatz. Soudain, des passants nous avaient adressé des jurons obscènes et xénophobes. La surprise nous avait cloués sur place. Le temps que je pense à riposter, ils avaient disparu. Je culpabilisai et appréhendai la colère de Maya. Elle s'enflamma. De quel droit se permettaient-ils de nous agresser? Maya s'obstinait, la question, la même, revenait encore et encore, comment pouvait-on en venir à invectiver sans raison deux amoureux inoffensifs avec un tel ressentiment?

La face cachée de la révolution de novembre 1989 s'invitait une fois de plus à la table de notre idylle. Maya partit dans un monologue sans fin soulignant la gravité de la situation, car les nouvelles véhiculées par les médias du monde entier commençaient à se multiplier et à inquiéter : attaques racistes en ancienne République démocratique allemande, foyer de demandeurs d'asiles incendié. L'éloge de la négation de l'humain osait s'affirmer au grand jour, la chasse à la différence était devenue pour certains une fierté, une raison d'être, avec elle le retour de théoriciens du chaos, tristes figures réduites à terroriser et montrer du doigt pour exister. L'infamie dépassait largement ce que l'entendement de Maya aurait pu imaginer dans ses pires cauchemars. Avec ses amis du collectif antifasciste, elle lisait sans relâche toutes les dépêches traitant des faits divers à caractère raciste.

Ce 6 avril 1991, un peu après le début de son service, un client lui avait appris l'assassinat de Jorge Joao Gomondai, un Mozambicain. Le jeune homme avait succombé aux coups d'une quinzaine de skinheads dans un tramway du centre-ville de Dresde, en Saxe. Après l'avoir battu jusqu'à ce qu'il perde connaissance, ses assaillants l'avaient jeté hors de la rame en marche. C'en était trop pour Maya en pleurs, elle n'était plus que l'ombre d'elle-même. Exilée dans ses souvenirs, elle parlait peu.

Maya aurait préféré retourner en enfance là-bas, chez elle à Iéna dont elle appréciait le charme provincial et plus particulièrement l'empreinte des XVIIIe et XIXe siècles dans les petites rues, dans l'architecture des villas et sur les façades du vieux théâtre négligé par les communistes mais encore magnifique à ses yeux. La nostalgie de son quartier, Lobeda, la plongeait dans la mélancolie, les tours rectangulaires en marge de la ville, ses parents, comme les autres habitants, avaient été très fiers de vivre dans les appartements équipés de tout le confort moderne. Fini le chauffage au charbon et les toilettes sur le palier. Les jours heureux passés avec les autres enfants du quartier sur les aires de jeux au pied des immeubles. Ses camarades de classe, ceux qui depuis le Kindergarten s'étaient habitués à la singularité de son regard multicolore. Les amis de toujours qui ne s'interrogeaient plus sur le teint différent de son épiderme.

Jusqu'à l'âge de la puberté, Maya rêvait de se fondre dans la masse, de ressembler aux autres, de passer inaperçue. Pendant l'adolescence, sa différence fut parfois un atout. Sa silhouette cambrée attirait particulièrement le regard des hommes, renforçant sa confiance en sa féminité naissante. On lui trouvait un caractère plus tranché, quelque chose d'exotique et de sanguin.

Maya s'insurgeait devant la banalisation des coups de force néonazis perpétrés dans les gares et dans les rues par des ombres inquiétantes peuplant des terrains vagues ou des immeubles désaffectés, attaquant à la faveur de la nuit à dix contre un. Quelque chose en elle volait en éclats. Elle se retrouvait de nouveau mal à l'aise sur le sol de sa naissance. Après les communistes, elle devait maintenant affronter les fascistes. Elle essayait de rassembler les beaux moments dans sa mémoire. Elle se revoyait petite fille vêtue d'une robe toute simple, allant et venant, assise sur une balançoire de l'aire de jeux en plastique et béton au pied des immeubles, son enfance en Thuringe entre la ville et la campagne, des barres d'habitations près de vastes étendues sauvages sous les cieux capricieux. L'automne et ses bourrasques violentes, l'hiver sombre, implacable, les températures glaciales, le printemps d'abord gris, menaçant, puis bleu azur quand s'annonçaient les douceurs de juin et les espoirs déçus de juillet à fin septembre, les yeux tournés vers les nuages, un foulard autour du cou. Un pull couvrait ses épaules.

Les vacances chez sa grand-mère à la campagne en compagnie de ses deux cousines Kerstin et Bettina, la maison abritait trois familles qui partageaient l'unique WC placé sur le balcon. Les parties de cache-cache qu'elles organisaient l'été dans la lande fleurie. Les pistes de terre bordant les champs mûris au soleil qu'elles parcouraient ensemble à toute vitesse sur leurs vélos, elle, coiffée du vieux chapeau de paille de son grand-père, beaucoup trop grand pour sa tête de fillette. Elle nourrissait depuis toujours cet attachement profond, presque sacré à la terre de Thuringe, ses forêts denses à l'allure sauvage. Un univers merveilleux d'animaux mystérieux et féeriques qui alimentait l'imagination débordante de son enfance. Une terre de contes extraordinaires racontés par sa grand-mère. Maya écoutait blottie sous les draps, fascinée et craintive, la tête cachée sous son polochon. Cette splendide et si particulière nature qui abrite le sillon au fond de la vallée creusé depuis des millénaires par la rivière Saale dans les sols calcaires avant de se perdre dans les eaux de l'Elbe était le terrain de jeu favori des trois gamines inséparables surtout durant les grandes vacances d'été, câlines, serrées dans un même lit à l'étage. Les heures de rire en famille, les jeux pendant le bain collectif hebdomadaire dans la grande baignoire de la buanderie du rez-de-chaussée qu'il fallait remplir avec des sceaux. Elle n'oublierait jamais ces moments-là. Elle ne manquait de rien, ni de nourriture ni de vêtements, ni d'affection.

Adolescente, Maya s'extasiait devant la majesté des contrastes qui, à son avis, avaient dû inspirer les romantiques allemands. En automne elles partaient toutes les trois en randonnée, surtout quand, dans le ciel lourd et gris, virevoltaient de gros nuages traînés par une brise fraîche. Soudain les rafales de vent fouettaient une pluie glacée sur leurs joues et imprimaient à leurs âmes pubères une douce mélancolie. Devait-elle effacer les souvenirs, fuir sans jamais revenir, accepter l'absurde sentence qui détermine l'essence des femmes et des hommes sur d'insignifiants critères anatomiques, jusqu'à bannir ou condamner à mort à cause d'une nuance de couleur sur la peau ?

La chute du mur à laquelle elle avait participé dans la liesse et sans effusion de sang avait malheureusement libéré des loups aux crocs acérés, longtemps muselés dans leurs tanières par la chape de plomb et les mensonges de la dictature. La liberté nouvelle avait ouvert la voie à des actes d'une sauvagerie inouïe et laissé libre cours aux paroles de la haine. Il lui revenait le souvenir du blues des jeunes soldats soviétiques de type asiatique si loin de chez eux, imbibés de mauvaise vodka, cantonnés pendant des mois dans la tristesse et l'ennui de leurs casernes des environs d'Iéna. Elle se souvenait de l'animosité de la population à leur égard, du fiel dans les propos racistes prononcés à voix basse, les dents serrées.

Trop souvent victime de menaces, son père, resté là-bas, avait sombré peu à peu dans la déprime et avait fini par se décourager avant de quitter la ville pour ne plus être la cible de l'hostilité des regards en coin dans la rue ou au marché. Comme s'il avait découvert la cruauté du visage de certaines têtes baissées et résignées qui arpentaient dans le calme la grisaille est-allemande. Il était ébranlé dans ses convictions, car l'ancien milicien cubain avait été un fervent militant de la cause prolétarienne et n'arrivait pas à comprendre comment l'idéal d'internationale ouvrière avait pu dissimuler une machine à alimenter le racisme. Sa mère s'en voulait terriblement d'avoir reconnu trop tard le calvaire vécu par son mari face à la montée du rejet. Son activisme auprès d'organisations et d'initiatives de plus en plus nombreuses, décidées à barrer la route à l'obscurantisme, n'y changea rien. Son bien-aimé finit par partir pour retrouver ailleurs la possibilité de circuler sans craindre une agression.

À l'époque du mur, Maya redoutait les mouchards de la Stasi, après, sa peur n'avait pas disparu, toujours diffuse, imprévisible, elle avait simplement changé de nature.

Ce soir d'avril 1991, Maya s'est remise à pleurer, accoudée à son bar, des traces de maquillage dilué sous ses yeux, triste et dépitée devant Clémentine qui tentait maladroitement de la consoler. Elle argumentait que tous ces idiots frustes et ignorants méritaient son mépris et son dégoût, mais pas ses larmes. Elle lui conseilla de ne pas se laisser abattre, et pourquoi pas de se ressaisir, de lutter, de résister ; car Berlin l'indomptable se trouvait en première ligne du front. Peu après quelques-uns de leurs amis du collectif antifasciste eurent l'idée de répondre à la violence par l'art, signifier l'opposition à la haine de manière esthétique, faire acte de présence pour ne pas laisser la peste brune se répandre sans réagir. Pour eux, la peinture, trop intimiste, ne permettrait pas d'accéder au plus grand nombre, l'arme populaire pour agir devait être la musique. En un mois, le concept commença à se matérialiser, une agence de tourneurs allait voir le jour, afin d'être en mesure de réagir à toute attaque raciste où que ce soit dans le pays en se rendant le plus tôt possible sur les lieux des méfaits, jouer, danser, s'amuser, fêter, ensemble contre les discriminations.

La démarche plut tout de suite à Maya qui proposa notre groupe. Elle eut un peu de mal à convaincre Pascal. J'avais accepté tout de suite, je me serais de toute façon précipité au bout de toutes les folies si tel avait été son désir.

Si j'avais reconnu plus tôt la détresse de Maya et ses difficultés à s'adapter à sa nouvelle existence, j'aurais agi autrement. Je ne l'aurais pas laissée atteindre le point de non-retour. J'ai tardé à comprendre qu'elle avait besoin d'un autre type d'engagement de ma part. J'ai l'impression d'avoir gravité autour d'elle sans arriver à vraiment la saisir. Je n'ai pas su interpréter la fixité de plus en plus fréquente du cercle noir au milieu de ses yeux en proie à mille tourments. Maya se refermait sur elle-même comme une huître, elle dressait un mur entre nous devant lequel je restais impuissant.

La météo du mois de mai avait été fantastique avec des températures presque caniculaires. L'arrivée des beaux jours du printemps transformait les rues de Berlin en une mosaïque multicolore, les habitants désertaient les appartements dans lesquels ils étaient restés cloîtrés tout l'hiver et une partie de l'automne. La ville était prise d'assaut par une multitude privée de chaleur et surtout de lumière pendant près de six mois. Avide de la sensation du moindre rayon de soleil sur la peau, la plupart profitait de chaque minute de temps libre pour se précipiter, en voiture, à pied ou à bicyclette, vers les forêts, les lacs et les parcs. Hyperactive, Berlin renaissait, elle se dénudait sans pudeur sous l'œil bienveillant de l'astre du jour.

Maya s'attardait dans la grisaille, morose, elle n'avait goût à rien. Je reconnaissais à peine la jeune femme enthousiaste et sûre d'elle qui m'avait séduit un soir de décembre 1989. Je devais insister, la supplier pour qu'elle accepte de sortir de chez elle afin que l'on retrouve ensemble le plaisir simple d'une promenade bras dessus, bras dessous dans les allées fleuries du Tiergarten, le goût d'un baiser sur la bouche à l'ombre d'un chêne, ou le bonheur de flâner au hasard entre les stands du marché aux puces de la rue du 17 juin. Elle avait perdu les flammes dans ses yeux pendant l'amour et son corps fatigué contre le mien pesait plus lourd sous le poids de ses envies de rien.

Son humeur se détériorait de jour en jour, tantôt tigresse, agressive, prête à bondir sur moi sous n'importe quel prétexte, impossible à satisfaire car tout l'agaçait, la mettait hors d'elle ; tantôt molle, absente, songeuse jusqu'à l'apathie. Plus j'allais vers elle et plus intense était la sensation de tourner en rond autour d'une planète inaccessible. Maya se plaignait d'insomnies chroniques. Je n'ai pas vu venir la catastrophe. J'ai minimisé son refus de me parler de ses tableaux suppliciés, éparpillés sur le sol de sa chambre-atelier. Elle avait éventré certaines toiles, en avait abîmé d'autres en les perçant au couteau ou en les découpant aux ciseaux. Je paniquais en cherchant Maya, celle que j'aimais et ne retrouvais plus.

Pour lui permettre de s'évader un peu, de se changer les idées, je lui ai demandé de m'accompagner un soir au Blue Note, un club de jazz, soul et rhythm and blues qui avait été fraîchement monté par d'anciens militaires américains tout près de Nollendorfplatz. Je voulais y emmener Maya pour une soirée en tête à tête dans l'arrière-salle à l'ambiance tamisée, réservée aux amoureux. J'ai fouillé sa garde-robe devant elle pour choisir un chemisier un brin transparent avec des manches en dentelles, une jupe assez courte et ses seules chaussures à talon. Elle était superbe. Je la tenais fièrement à la taille quand le serveur qui nous a indiqué notre table l'a complimentée en la dévisageant de haut en bas. La musique en sourdine envoyait des tempos moelleux, très lents, à travers les enceintes, une musique mélodieuse et feutrée, reposante, pas vraiment mon style ni celui de Maya mais je voulais l'amadouer, la surprendre. Je la mangeais du regard derrière la lumière vacillante de la bougie qui illuminait son beau visage. Entre ombre et clair obscur, ses traits épais et ronds semblaient changer à chaque montée d'un mince fil de fumée noire vers le plafond. J'en frissonnais de désir, alors je l'ai invitée à danser. Nous avons balancé tous les deux pendant un quart d'heure, portés par la souplesse du rythme, je retrouvais nos mouvements d'antan, sauvages et sensuels. Mon cœur battait si fort que j'ai commencé à la faire tourner avec une série de petites secousses de mon bassin contre le sien. Maya m'a repoussé d'abord faiblement. Devant mon insistance, elle s'est libérée de mon étreinte en soupirant avant de se rasseoir. Déçu, je l'ai rejointe sans dire un mot. L'endroit ne lui convenait pas, elle le trouvait superficiel et fade, sans âme, elle préférait me parler des activités de son collectif antifasciste et d'autres considérations politiques et sociales. Ma soirée romantique tombait à l'eau, ses propos m'ennuyaient et je n'avais aucune envie de faire des efforts. Le silence s'est installé, nous devenions des étrangers incapables de trouver une accroche, d'autant que mon mutisme rejetait toutes ses tentatives de renouer le dialogue. Maya s'est mise à enchaîner les verres d'alcool, les contractions de plus en plus rapides des arêtes de ses narines et sa forte respiration témoignaient d'une colère intérieure qu'elle avait du mal à contrôler. Au bout d'un moment elle a explosé, presque saoule, elle s'est levée en disant qu'elle aussi pouvait se foutre de tout et ne penser qu'à s'amuser. Elle est montée sur la table et s'est mise à danser à la manière d'une strip-teaseuse. Son verre de vin rouge et ma bouteille de bière se sont cassés sur le sol. Elle a découvert sa poitrine, ses chaussures crissaient contre le vernis du bois. Les couples qui étaient là nous observaient avec un mélange d'étonnement et de gêne. Maya me faisait peur, j'aurais préféré disparaître... Ensuite elle a agrippé ses deux mains aux rebords de sa jupe et commençait à se tortiller en une parodie de flamenco. Elle débloquait, pour me provoquer ou pour me choquer, je n'en avais aucune idée, tout cela me paraissait surréaliste, c'en était trop. Elle ondulait d'une manière ridicule sur des notes de guitare les cheveux devant les yeux, une minute de folie. À la fin de la chanson, animée d'une gêne mêlée d'effroi car certains l'applaudissaient, elle a ramassé son gilet étendu sur le dossier de sa chaise. Je l'ai interrogée du regard, Maya m'a adressé un regard assassin comme un coup de poignard puis elle est partie.

Elle m'a planté là tout seul dans le cadre intime du club, un vrai désastre. Je crois être resté un long moment à méditer et, quand j'ai relevé la tête, le serveur se tenait debout au-dessus de moi. Il m'a prié de payer et de m'en aller alors que je lui commandais un dernier whisky.

Je suis passé sous le pont du métro aérien, hagard. Mes pas étaient lourds et très lents. Maya et moi gâchions le temps précieux comme si l'habitude d'être deux et la certitude de nous aimer nous avaient fait oublier que nous vivions quelque chose d'exceptionnel. Les clochards assis devant l'entrée du métro ne m'ont même pas demandé une pièce tellement j'avais l'air déboussolé, perdu. C'était un vendredi soir, des groupes, surtout de jeunes gens apprêtés pour la fête, se bousculaient autour du carrefour en riant fort. Leur joie me faisait mal au cœur. J'en voulais à Maya de nous interdire de prendre la vie à bras-le-corps.

Nos déchirements à répétition m'anéantissaient et je ne voyais plus d'issue à la descente aux enfers des querelles et des incompréhensions en cascades. Mû par quelque chose comme un instinct de conservation, l'idée de m'éloigner de mon amour était de plus en plus persistante, puisque Maya nous refusait les espoirs de bonheur et l'aboutissement de nos rêves les plus doux. J'étais à bout. Notre histoire m'inquiétait, transformée en une course qui s'était emballée et devenait folle, incontrôlable, ravageuse. Les heures de miel passées ensemble se réduisaient à une lointaine chimère. De nos lèvres suintaient surtout des invectives et de la méchanceté.

J'ai rejoint la Winterfeldplatz en traînant devant le stand de restauration rapide turc en face du restaurant indien. Je fumais des cigarettes en restant immobile au feu vert, le regard tourné vers la terrasse du café qui faisait l'angle sur la place, des groupes de reggae y jouaient toute la nuit. J'en voulais à Maya d'oublier cette Berlin-là, la nôtre, celle qui avait été le théâtre de nos amours, celle où chacun était le bienvenu, là où les cultures et les différentes ethnies se côtoyaient pacifiquement. Pourquoi fallait-il qu'elle se focalise systématiquement sur le pire ? J'ai patienté avant de continuer à errer au hasard avec des souvenirs plein la tête. L'air frais de la nuit me fouettait le visage, mal à l'aise et fatigué. Je ne pouvais pas combattre un relent de jalousie en observant un couple en train de s'embrasser sur un banc devant l'église. Je revoyais l'arc-en-ciel si particulier du regard de Maya quand mon visage se collait au sien.

J'ai terminé la soirée dans une discothèque sur la Goltzstrasse, complètement ivre à danser comme un fou avec des touristes scandinaves. Je n'ai pas retenu le prénom de la femme avec laquelle je suis allé dans le parc de l'église près de la bouche de métro avant de refuser de l'accompagner dans sa chambre d'hôtel. Les aléas de l'humeur de Maya me rendaient fou, je faisais n'importe quoi. J'avais touché le fond.

J'ai appelé Pascal plusieurs fois d'une cabine téléphonique, en vain, il avait dû échouer dans le lit d'une conquête. Puis ma main a longtemps hésité au-dessus du combiné, mes doigts tremblaient au moment de composer le numéro de Maya, ma bouche séchait à l'approche de l'appareil, j'étais incapable de prononcer une phrase, le cœur noué. Mes tempes battaient un mauvais sang d'angoisse et de honte, mon estomac se contractait. Je ne pouvais pas me résoudre à prendre ma lâcheté à bras-le-corps pour lui dire : "Maya, je te quitte."

J'ai décidé de cheminer vers chez elle, il m'a fallu une bonne heure pour rentrer à pied jusqu'à Kreuzberg. J'avais besoin de marcher. Je me détestais, sans éclat, sans dignité, effrayé à l'idée de revêtir à nouveau un masque de détresse. J'aurais peut-être dû pleurer les rivières sous mes paupières pour percer l'abcès du manque. Mais rien, seul un grand vide en moi. Je regardais le reflet triste de mon visage dans une vitrine, j'y voyais les cernes de Maya exténuée. J'avais mal, besoin d'elle, de sa longue chevelure couleur de jais à l'angle de mon cou et de mon épaule.

Je suis entré dans sa chambre en faisant le moins de bruit possible, elle dormait encore. Maya affectionnait particulièrement ce moment précis de l'aube, cet entre-deux, lorsque les bulles de fraîcheur qui chargent encore l'atmosphère de la nuit chaude s'éloignent aux premiers rayons du soleil. Les lignes dorées se frayaient un chemin par sa fenêtre et réchauffaient sa joue. Au loin on distinguait le pont en ciment et métal noir du métro aérien entre Goerlitzer Bahnhof et Schelsisches Tor, plus haut trônaient les arbres fleuris du parc.

J'observai de plus près son visage, j'y découvris une fine ride, un pli qui s'étirait du coin de son œil droit vers sa tempe. Le sillon se confondait avec l'empreinte granuleuse laissée par une mèche rebelle de cheveux qui s'était imprimée sur sa peau. Ses heures de sommeil avaient été mouvementées. Elle se réveillait doucement, ses paupières tremblaient un peu, sa tête tournait, prise dans un épais brouillard, elle était encore lourde des excès de la veille. Les mélanges d'alcool l'avaient aidée à s'endormir très vite, un repos sans cauchemars ni remords. Une fois ses yeux grands ouverts, après les avoir frottés avec ses poings, elle m'a regardé d'un air très triste.

J'aurais dû réaliser que, depuis longtemps, elle feignait de s'amuser, de rire, pour se rassurer, pour éviter de sombrer.

D'une voix enrouée, elle m'expliqua que dans son cerveau se bousculaient des flashs confus, des remous, des fulgurances incontrôlées. Elle se revoyait souvent un an et demi plus tôt au milieu d'une foule déterminée qui s'engageait dignement dans la béance vers la nouveauté, l'inconnu, le mur de Berlin mis à bas. Pourtant sur ses épaules pesait déjà le poids de regards curieux et intrigués. Au cœur de la multitude exaltée, elle, partagée entre la joie immense, débordante, le soulagement tant attendu et cette impression désagréable d'étrangeté qui ne la quittait jamais, comme un sceau gravé sur sa peau. Le drame de ne jamais se sentir à sa place, toujours le même trouble, inconfortable, persistant. Ce décalage incessant lui avait insufflé des songes d'un ailleurs qui lui ouvrirait les bras, une sorte d'eldorado, la sérénité, enfin, la plénitude.

Maya a enfoui son visage dans le moelleux de son coussin, elle a coincé un pan de sa couette entre ses cuisses nues. Les sensations chaudes et douces du coton sur son corps lui faisaient du bien, une odeur agréable et familière s'échappa de sa couche en même temps que crissait le tissu froissé. Elle se sentait un peu mieux même si elle frémissait.

Elle s'est lovée contre son oreiller. J'apercevais derrière elle, posé à même le matelas, ce cliché d'un autre nous qu'elle conservait comme une relique. Elle y était coiffée d'une casquette de base-ball, une fin d'après-midi d'été, nous nous souriions. Je savais qu'elle m'y trouvait magnifique. Sur la bande blanche au bas du Polaroïd, nos deux prénoms étaient inscrits en alphabet grec, l'encre rouge avait bavé, les neuf lettres s'étaient un peu brouillées avec le temps. Elle répétait souvent qu'elle ne se trouvait pas à son avantage sur la photo, mais cette intensité dans nos regards ne cessait de l'attendrir. Sur le tirage instantané, nous étions collés l'un à l'autre, joue contre joue. Pendant la minute que je passai à détailler la scène figée sur l'épreuve, je retrouvai la Méditerranée au crépuscule : un mirage de lumières dispersées en poussières d'étoiles disséminées sur les légères ondulations de la mer calme, l'éclat occupait presque toute la ligne d'horizon et s'éteignait en un mince fil d'argent au bas de la coque d'un immense ferry. Accrochée à la rambarde, Maya tendait l'oreille vers l'écho lointain de la sirène d'un bateau. Je pensais à des bribes de discussions chuchotées au clair de lune, à la chaleur d'une étreinte intense et furtive, au goût d'un baiser salin sur ses lèvres.

J'ai fait les mêmes prières timides et silencieuses : que tout recommence comme aux temps simples des premières étreintes! J'aurais aimé la prendre dans mes bras mais quelque chose arrêtait mes gestes dans leur course… La peur d'être déçu ou blessé une fois de plus et de ne pas y survivre.

À quoi bon? Pleurnichait-elle. Réfléchir, sourire, c'était sans appel, rien ni personne ne la consolerait, aucun artifice, pas un mensonge. J'aurais tout donné pour qu'elle ait seulement besoin de moi, de recréer notre monde, nos folies et la beauté qui n'existaient qu'en sa présence.

À voir Maya dans un tel état, j'aurais dû accepter que la réalité m'assénait un démenti cinglant. Je luttais contre cette rengaine qui s'entêtait à mes tympans, un sinistre murmure qui se propageait dans tout mon corps, je n'abandonnais pas. J'hésitais.

Maya avait peur de devenir folle. L'utopie, elle n'y croyait plus. Se lever lui était pénible, le pire moment de la journée puisqu'il fallait se mettre debout pour affronter la rue qui posait toujours sur elle ses regards curieux ou méfiants. Traîner son corps engourdi vers la salle de bains lui demandait un effort énorme. Le contact désagréable de ses pieds nus sur le carrelage humide et froid, les trois pas jusqu'à l'armoire où reposaient ses habits dont plus aucun ne l'inspirait, tout était laid à pleurer. Plus tard, à l'extérieur, elle devrait régler les affaires courantes, les tracas de tous les jours. Elle se sentait trop faible, lasse, exténuée, en bout de piste.

L'amertume longtemps retenue commençait à l'envahir de nouveau, un haut-le-cœur, sa tristesse était forte, un abattement. Et si le temps s'en allait à rebours ?

Je me suis approché, j'ai fermé les yeux pour m'imprégner des parfums de sa chevelure. Maya s'était égarée, perdue dans une course laborieuse et sans enthousiasme en quête d'une planète qui l'accepterait et la comprendrait telle qu'elle était. Le besoin de s'ouvrir et de partager l'obsédait et la consumait. Elle se sentait seule malgré moi et entendait briser le cercle hermétique de la solitude. Les sourcils froncés, la mine triste, elle soupirait et se retournait dans son lit. Impossible pour elle de retrouver le calme et la sérénité de l'enfance, le bonheur ressenti pendant les minutes passées sur les bancs de l'école primaire à écrire minutieusement sur du joli papier cartonné le texte des récompenses et autres certificats destinés aux élèves de la classe en ancienne calligraphie allemande. Les encouragements de son professeur, l'admiration de ses camarades. Ses premières œuvres, petits pas timides et insouciants dans l'univers infini des formes et des couleurs.

Difficile aussi d'oublier le spleen inscrit dans sa mémoire à l'image des arrière-cours grises et tristes des immeubles vétustes d'Iéna, leurs façades criblées de trous, de pierres à vif, comme rongées par la vermine et le temps. Chaque hiver l'odeur des chauffages au charbon qui la prenait au nez et semblait flotter au-dessus de la cuvette de la ville pour tout recouvrir. Le sifflement du vent à travers les vitres cassées dont la réparation pouvait prendre des semaines, les claquements du linge mouillé sur une planche à lessiver, un doux chant à la lèvre de sa mère. Le plaisir de pouvoir prendre une douche chaude en hiver après avoir attendu durant des semaines la remise en état d'une canalisation défaillante dès les premiers grands froids. La rue où les voitures passaient si rarement qu'elle devenait une aire de jeux pour ses amis et elle.

Comme si je n'étais pas là, présent à ses côtés, Maya s'est extraite de ses draps avant de se diriger péniblement vers la salle d'eau. Son pas était lourd, la plante de ses pieds accrochait le parquet. Elle slalomait maladroitement au milieu d'habits jetés au hasard, de chiffons et de boules de papier froissé. Elle piétinait des restes de repas, écartait des tubes de couleurs avec ses orteils et enjambait des esquisses oubliées. D'une main passée dans ses cheveux, elle se massait le crâne, elle a tendu l'autre vers le haut afin d'étirer les muscles de son corps. Elle était nue. Absente, Maya s'est allongée dans la baignoire vide qu'elle s'est mise à remplir. Je ne ratais aucun de ses gestes. Elle se mouillait la nuque en regardant l'eau couler. Elle m'adressait à nouveau la parole parce que les éclaboussures sur son cou ravivaient le souvenir de tendresses en pleine nuit ou au petit matin dans le désordre de ses draps, lorsque je promenais mes doigts au gré des mouvements inconscients de son corps à moitié endormi. Le parcours de la paume de mes mains faisait l'effet d'une multitude de gouttes de pluie chaude dégoulinant lentement entre ses seins. Elle fondait et voyageait parmi des émotions pleines et splendides, des instants inoubliables, devenus indispensables, dont l'écho résonnait encore dans son cœur et sur chaque centimètre de sa peau. Corps contre corps, l'horizon se découvrait alors devant nous, immense, infini, une formidable énergie belle et puissante, effrayante parfois, souvent difficile à canaliser, dangereuse.

Elle a cherché en vain le reflet de son visage à la surface de l'eau, puis elle a soupiré, fermé les yeux, avant de s'enfoncer tout entière dans son bain. Elle y est restée aussi longtemps qu'elle pouvait en bougeant le moins possible, peut-être pour se souvenir des voix de trois fillettes dans la grande bassine en métal de sa grand-mère, du contact un peu rêche de la serviette enroulée autour de ses cheveux longs et bouclés, presque crépus.

Maya est sortie de l'eau à contrecœur, elle a choisi les vêtements bleus achetés avec moi pendant les premières semaines de notre histoire, la minijupe, le chemisier à carreaux et le gilet qu'elle nouait autour de ses épaules pendant la journée en attendant la fraîcheur du soir. J'insistais souvent pour qu'elle porte ces habits qui lui donnaient des airs de Parisienne. Je suppliais, elle protestait, me soupçonnant de vouloir la changer, de ne pas l'accepter telle qu'elle était.

L'envie de s'habiller pour me faire plaisir lui était venue alors que l'eau refroidissait. Je lui ai donné la lumière de mes grands yeux d'enfant émerveillés devant le spectacle qu'elle m'offrait. En face d'elle, je faisais preuve d'un enthousiasme qui la déconcertait, je lui ai proposé de prendre sa main et de l'entraîner dans mon sillage… Je lui ai demandé de nous faire confiance, mais ce mot la faisait sursauter. Lorsqu'elle l'entendait, sa respiration s'accélérait, une angoisse terrée au fond de son ventre remontait à la surface, quelque chose se nouait dans ses poumons, l'oxygène l'étranglait, elle suffoquait.

Elle a eu beau se parer et se maquiller, elle était en ruine, bousculée, aux abois. Elle vacillait au bord d'un gouffre parce qu'elle ne trouvait plus le chemin vers chez elle. Elle regrettait tous les instants gâchés dont l'amertume se propageait en elle comme du venin, sans oublier le mal qu'elle nous faisait. Son avenir se déclinait en une succession de points d'interrogation qui représentaient autant de freins à son mouvement vers l'avant.

Puis elle a essuyé la paume de ses mains moites à plat sur les côtés de sa jupe et m'a dit de ne pas lui en vouloir, je devais accepter qu'elle veuille rester un peu seule, se reposer.

J'assistais totalement impuissant au spectacle de notre désolation. Je ne trouvai aucun mot, je hochai plusieurs fois la tête avant de prendre la porte. Ma vue s'est voilée. J'aurais aimé m'appuyer contre un mur ou sur son épaule, je me sentais ridicule, blessé. De l'eau salée s'amassait sous ma paupière inférieure.

Notre amour était un sentiment mais aussi une ineffable et quasi spirituelle communion de nos corps dont nous savions jouir de manière très naturelle, presque inconsciemment. Malheureusement, notre course effrénée a fini par nous consumer. Peut-être nous sommes-nous exilés trop loin, là où l'extrême intensité de notre union s'est transformée en une bulle irréelle, une chimère fragile, incapable d'exister face à la dureté du monde. Après l'abandon total, Maya s'est rigidifiée.

En sortant de sa chambre m'est revenue une image d'elle à plat ventre, nue sous le ciel bleu.

Je mordille ses chairs tendres et rondes à pleines dents, délicatement. Elle rit. Je promène la tige d'une plante sur l'envers de ses cuisses jusqu'à la plante des pieds, provoquant des frissons presque insoutenables. Ses jambes battent dans les airs, ses poings tambourinent la terre meuble sous les hautes herbes du Schlossgarten au pied du talus, à la droite du chemin qui s'en va dans les fourrés. Maya laisse échapper de petits cris aigus. Ainsi dissimulés, personne ne peut nous voir ou savoir ce que nous faisons exactement. Elle me supplie d'arrêter en se tordant dans tous les sens mais quelque chose me dit qu'elle n'y tient pas vraiment. Ma langue taquine sa nuque, glisse vers la peau très fine derrière son oreille. Elle se crispe, sursaute mais ne se retourne pas. Maya se lâche comme si elle accompagnait les caresses, l'instant s'étire, je ralentis le tempo, mes morsures se font elles aussi plus lentes, ciblées dans la région où le dos entame sa courbure vers l'intérieur avant de dessiner la rondeur des deux croissants de lune. Je ne néglige rien. Elle et moi adorions prendre le temps. Je m'accroche à la beauté et à la force de notre histoire comme à une bouée. Je rendrai un jour leur cohérence aux fragments pour l'instant en désordre, éparpillés. J'ai besoin d'elle.

Se rappelle-t-elle seulement cette fin d'après-midi, un dimanche de février sur le Kufuerstendamm, le froid nous piquait jusqu'aux os. Le vent d'est s'était levé, sa rigueur s'introduisait sous nos vêtements et giflait nos visages en asséchant nos peaux. Notre promenade avait commencé dans la tristesse des rues bordées de monticules de neige noircis par la saleté et durcis par le froid, moins de vingt degrés en dessous de zéro. Berlin gelait et se recroquevillait sur elle-même en attendant les jours plus longs et chauds du printemps. Nous nous sommes arrêtés un instant pour écouter un groupe de musique des Andes, elle et moi amusés par les notes mélancoliques soufflées par les flûtes de Pan, des mélodies entendues mille et une fois. Maya avait choisi cette atmosphère et ce moment pour me dire qu'elle voulait un enfant de moi car l'amour est divin, souffla-t-elle, sans doute la plus grande force dans l'univers qui agisse pour la pérennité du bien. Sans me regarder, le gris, le noisette et le bleu luisaient dans l'eau de ses larmes. Elle m'adressa un sourire tendu et interrogateur. Je l'ai embrassée et serrée très fort dans mes bras.

Je me suis souvenu que l'un de nos derniers moments de bonheur s'était passé dans la cour de notre immeuble. Maya, blottie contre moi avec son profil posé sur mon torse, semblait pourtant ailleurs, elle promenait son index dans le creux de mes paumes. Perdue, seule dans sa bulle, les pupilles dilatées, le regard presque éteint orné de pâles lumières orangées de fin d'après-midi, de minuscules étincelles au bord des iris. Le reflet d'une larme brillait sur sa joue, je l'ai effleurée du bout de mes lèvres closes. J'ai fermé les yeux et inspiré les vapeurs de son parfum. Elle a tressailli avant de retourner à la musique. Après quelques tâtonnements, Pascal avait trouvé une ligne mélodique très fluide à la contrebasse, un blues lancinant, merveilleux. Des notes chaudes et rondes s'échappaient de la caisse de résonance boisée et s'envolaient dans l'air frais du soir. Nous nous sommes tous tus autour de la table en bois. J'aurais juré que Berlin nous écoutait avec un léger sourire aux lèvres, elle tendait une oreille complice et respirait au rythme de l'improvisation. Aucun bruit ne perturbait le son, seule l'expiration du vent accentuait la sensation de vertige.

Au plaisir qui caressait l'ouïe et nos songes s'ajouta un doigt de génie quand Pascal partit tout à coup dans un solo. Il chercha d'abord une tonalité nouvelle avec son archet, son instrument gronda et finit par rugir une plainte langoureuse et mélancolique. Cramponnée à moi, Maya m'étouffait presque, elle perdait la mesure.

Des larmes coulaient sur ses joues. Elle adorait la musique qui prenait aux tripes. Elle me fascinait comme aux premiers instants. Le texte de la chanson que Clémentine inventa racontait l'histoire fantastique et triste de trois petits diables qui cherchaient leur chemin, se perdaient en cours de route, affrontaient mille dangers et s'extrayaient de justesse d'encore plus de péripéties pour finalement se retrouver et rester ensemble pour toujours.

J'aimais Maya sans effort ni raisonnement. Je me suis livré corps et âme à l'éclosion d'un sentiment presque par enchantement, une impulsion irréfléchie, impétueuse, une intuition. Or cet élan dépendait et se nourrissait du sien. Tout en craignant ses débordements, j'avais une peur bleue qu'à cette communion, ne succèdent une relation raisonnable, la routine, des gestes, des actes et des pensées mesurés.

Je n'oublierai jamais la date du 17 juin 1991. En fin de matinée, Pascal et moi, aidés par Maya, chargions le matériel dans la camionnette pour un concert en plein air à Reinickendorf au nord de Berlin, quand Clémentine arriva avec sa mine grave des mauvais jours pour nous apprendre que la veille, Agostinho Comboio, un Mozambicain de trente-quatre ans, avait été brutalement assassiné par des néonazis à Friedrichshafen dans le Land Bade-Wurtemberg. Son collectif antifasciste, en accord avec d'autres organisations antinazies dans tout le pays, avait décidé de réagir très vite en organisant des concerts et d'autres manifestations de sensibilisation et de protestation. Ceux qui pensaient encore que la montée de la violence d'extrême droite ne concernait que la jeunesse de l'ancienne RDA frustrée et déboussolée par les profonds changements sociaux de l'après-chute du mur de Berlin devaient se rendre à l'évidence : le phénomène avait pris une dimension beaucoup plus globale puisque la terreur raciste pouvait également frapper au sud de l'Allemagne pourtant épargné par le sinistre économique. Les militants savaient qu'ils pouvaient compter sur notre participation, ils nous proposèrent de jouer deux semaines plus tard à

Magdebourg et en Saxe pas loin de Freiberg. Nous avons tout de suite accepté.

Je me suis tourné vers Maya, je craignais le pire. Qu'allait-il rester d'elle ? Son monde se fissurait progressivement, son inspiration volatilisée. Déstabilisée, elle se sentait très concernée, menacée, elle partageait le sort de la victime. Pour elle, le danger était bien réel, omniprésent. Elle a tout de suite voulu rentrer chez elle, fuir pour se protéger, mais j'ai tellement insisté pour qu'elle reste avec nous, qu'elle a fini par accepter. L'isolement l'aurait achevée. Elle, si lasse, faible et fragilisée, ses résistances l'avaient abandonnée. En état de choc, Maya a acquiescé d'un léger signe de tête.

Elle a pris place à l'avant de la camionnette après que je lui ai galamment ouvert la portière pour faciliter son installation sur le siège tandis que je prenais le volant. Cette attention et le contact de ma main dans la sienne l'ont laissée de marbre. Assis derrière nous, Clémentine et Pascal ne disaient rien, nous avons démarré. Maya regardait distraitement les paysages qui défilaient devant nous, ceux du centre-ville d'abord, puis la cohue sur la voie rapide, enfin les grands espaces verts près de l'aéroport de Tegel. Elle s'abandonnait mollement au léger balancement du moteur qui ronronnait et la berçait. Elle semblait ne penser à rien. Elle a calé ses pieds contre le pare-brise, ses jambes croisées, dirigées vers le haut, la dévoilaient plus que de raison. Elle ignorait mes coups d'œil réguliers en direction de ses cuisses nues. Plus rien ne l'atteignait. Maya, anesthésiée, avait fait le vide total.

Je tentais de l'amuser en mimant une voix grave et forte, elle ne s'en souciait pas. Je parlais de beauté, de jours meilleurs. Elle ne répondait pas, ses traits restaient de glace, figés. Elle arborait un faux air désinvolte qui masquait mal sa crispation en inclinant son visage vers l'extérieur pour le livrer à l'intensité de la canicule. De la fenêtre grande ouverte de sa portière, un puissant courant d'air soufflait une brise fraîche dans sa chevelure, la brûlure du soleil à l'heure de midi lui faisait un bien immense. Maya murmura au vent qu'elle aurait aimé que nous continuions à rouler ainsi sans plus jamais nous arrêter en laissant tout derrière nous, les toiles, les tubes de couleurs, même le Polaroïd qui lui rappelait les beaux jours là-bas sur l'île ensoleillée, que je l'emmène en un long voyage sans retour, mais surtout que je me taise… Ses cheveux longs qui tanguaient sous l'effet du mouvement pendaient en rideau et masquaient son visage marqué. Vaincue et déçue, terrassée par une forte envie de pleurer, Maya s'est redressée, ses yeux vairons ont fusillé les miens tandis qu'elle disait que cette ville et ce pays ne partageaient plus les mêmes rêves que les siens, elle s'en irait bientôt très loin… Je suppose que c'est à cet instant que son départ pour Cuba fut acté.

Elle répéta qu'elle partirait seule en insistant bien sur chaque syllabe. En route vers l'île si souvent vantée par son père depuis son enfance, un mirage de Nouveau Monde, une nostalgie de révolution, de plages ensoleillées, de musiques qui rythment le mouvement de corps sensuels, une mosaïque de couleurs sur la peau… Pour Maya : une question de survie. Nous avions navigué des mois durant sans autre boussole que l'espérance, au gré d'un courant vivifiant et puissant libéré par l'onde de choc d'un mur qui se brise. Il régnait maintenant un calme plat, la désillusion, le retour brutal à l'âpre réalité.

Maya resta dans une position mi-assise, mi-allongée à la place du mort, se contentant d'anticiper les virages, les accélérations et les freinages plus ou moins brusques. Puis elle s'est endormie. Mon œil aguerri remarqua les battements réguliers de sa peau à un centimètre de son oreille car elle poussait fort sa mâchoire inférieure vers le haut. Ses dents grinçaient contre l'émail. Les muscles de son visage se contractaient et rien n'entravait les soubresauts nerveux qui parcouraient ses membres et comprimaient sa poitrine. Je l'observais très attentivement pour m'emplir de sa présence avant qu'elle ne s'en aille. Je n'avais rien à ajouter, je savais qu'elle ne changerait pas d'avis. Jamais je n'aurais voulu la contrarier.

Elle a sacrifié la magie des moments passés ensemble sur l'autel de considérations politiques dont l'importance m'échappait, mais qui lui semblaient essentielles. Entre Maya et moi l'amour fou a fini par ressembler à une dynamique grippée. Alors que nous nous targuions de voguer vers le bonheur, vers un pays d'immensités illimitées, de délice et de démesure, nous avons sombré.

À bonne distance du pont, pour me distraire, je choisis des pierres plates et les lance à la surface de l'eau, cela me permet aussi de tourner le dos au parking. J'entends claquer des portières, des éclats de voix, des rires. Je me concentre pour compter le nombre de ricochets, les cercles qui se forment autour de l'impact sont très élégants dans la nuit.

Clémentine m'imite sans grand succès, elle décide alors d'envoyer une volée de gravillons d'abord dans le ruisseau, puis une autre sur mon dos. Je réplique. Nous commençons une bataille de cailloux sur la berge, nous courons, visons, nous nous cachons derrière les taillis, pour finalement nous asseoir hors d'haleine au bord de l'eau près du pont à une centaine de mètres de la salle masquée en partie par l'obscurité. Jusque-là rien à signaler, aucun crâne rasé dans la foule, pas l'ombre d'un skinhead.

À l'horizon loin devant, nous apercevons des lueurs, certainement la campagne tchèque qui s'apprête à s'endormir. Autour de nous la majesté des monts Métallifères. Ils nous ignorent royalement, impassibles, ils semblent mépriser la brièveté des temps humains.

Pascal nous attend dans sa chambre au premier étage à digérer son repas et cuver des bières. Si les néonazis attaquent et veulent en finir avec lui, c'est uniquement sur la scène qu'il acceptera de se laisser massacrer à coups de battes de base-ball ou de rangers contre la tête, sous les projecteurs rouges, bleus et blancs braqués sur lui, devant la salle en délire, basse à la main au sortir de son morceau le plus réussi. Pour rien au monde il ne prendra le risque de finir dans l'anonymat du noir de la nuit, la gueule en sang au milieu des roseaux.

Clémentine reste à côté de moi, elle a un peu froid. Elle ramène son menton sur sa poitrine, les bras croisés, les mains posées sur ses épaules ses dents grincent et claquent, la fréquence s'accélère mais je n'ai pas la force de la serrer contre moi pour la consoler et la réchauffer.

L'heure n'est plus aux questionnements, l'attente touche à sa fin. Maya dans un coin de ma tête, ses rêves de justice et d'harmonie, j'espère qu'elle saura un jour qu'elle a donné un sens à ma musique. Ce concert, comme un trait d'union entre nous…

Clémentine, Pascal et moi pourrons toujours être fiers d'avoir surmonté nos peurs pour barrer la route à la folie meurtrière, nous nous serons dressés pour faire obstacle à la violence au péril de nos vies. Si rien de grave ne se passe, cette nuit nous dormirons apaisés, bercés par l'assurance de ceux qui ont accompli leur mission, un sourire à la lèvre…

Pour le moment Clémentine tremble, impossible de se concentrer et de stopper le galop de son cœur, saccades de salves d'adrénaline dans ses veines. Pour se galvaniser, elle répète une fois de plus que le mur de Berlin n'est quand même pas tombé pour que l'on baisse nos pantalons et qu'on laisse la place à ces salauds. Hargneuse, elle le dit pourtant à voix basse, la mâchoire serrée.

Je manque complètement mon dernier ricochet, mes pensées voguent loin du timide clapotis des eaux. J'allume un joint avant de m'allonger sur l'herbe. Clémentine me dit pour la première fois qu'elle nous comprend mieux, Maya et moi, depuis qu'elle est tombée amoureuse d'une certaine Susanne, même si leur relation n'en est qu'à ses débuts. Je ne trouve rien d'intelligent à lui répondre, je lui souris et lui fais une accolade.

Maya, le souvenir, sa tête en équilibre sur mon ventre, mes abdominaux contractés, ses poings enfoncés, bien calés dans la paume de mes mains ouvertes au bord du Schlachtensee près de cygnes et des canards, elle s'amusait. Je sais qu'aussi loin qu'elle soit partie, elle pense à moi souvent !

Clémentine m'aide à me remettre sur pieds en me tirant de ses deux bras, il est temps. Nous rentrons en contournant la file d'attente devant l'entrée, nous passons par-derrière. Je la tiens par la taille et nous rigolons un peu. J'ai besoin d'elle en cet instant, la chaleur de son corps me fait du bien et régule le désordre en moi, entre la peur, le trac qui noue mes tripes, assèche ma bouche, et l'impatience avant le grand saut : moi, guitare à la main face aux spectateurs, l'excitation courant dans mes veines transformée en un moteur increvable au cœur de la poitrine, donner encore et encore, jusqu'à saturer les cordes vocales, des coulées de sueur brûlantes et salées sous l'intérieur des paupières, heureux, exténué, en transe.

Nous croisons le technicien soulagé, il s'est demandé ce que nous fabriquions tout ce temps. Il annonce que nous pouvons nous détendre, deux heures plus tôt une vingtaine de skinheads ont été interpellés par la police sur une aire d'autoroute à une dizaine de kilomètres après avoir agressé plusieurs personnes à une station-service.

Nos craintes ont été inutiles. Je n'arrive pas à décrire le sentiment de soulagement qui m'habite. Mes gestes deviennent tout de suite plus légers, débarrassés d'un poids immense. Clémentine pousse des cris de petite fille, nous nous embrassons. Pascal nous retrouve, il a dû entendre l'effusion de joie depuis l'étage. Nous lui apprenons la bonne nouvelle, il exulte, un air conquérant sur le visage, le poing serré. Dans deux heures tout sera fini et demain nous rentrerons chez nous à Berlin ! Plus rien ne peut plus m'empêcher de rendre un dernier hommage à Maya, je suis prêt !

Pour rejoindre la scène, je chemine en aveugle au milieu de la foule dense des spectateurs dont les paroles et les rires me parviennent en sourdine, irréels, je marche au ralenti comme sous l'effet d'une drogue sans oser lever la tête. Les picotements dans mon ventre sont de plus en plus insoutenables. Mes jambes peinent à supporter mon poids, le souffle coupé. Encore une poignée de mètres avant d'entrer sous les faisceaux des spots. J'ai l'impression de retrouver le rythme de notre communion, Maya.

Une fois face au public, mes sensations sont excellentes, je trouve Clémentine et Pascal dans une forme que je ne leur ai jamais connue. Au sourire qui illumine maintenant le visage des spectateurs, je comprends que, comme nous trois, beaucoup d'entre eux ont bravé le danger en se déplaçant jusqu'ici. Je voudrais que Maya soit là pour constater qu'elle n'est pas seule dans son combat. Les loups sont restés dans leurs tanières ou en compagnie de la police, mais à force de bêtise et de violence, ils ont fini par exister et peser sur nos vies.

Clémentine frappe un grand coup dans ses mains avant de les frotter l'une contre l'autre. Le type qui s'occupe de l'éclairage en pince pour elle, j'en suis sûr, il l'a mise en pleine lumière, si seulement il savait… Je contrôle une énième fois mes appuis, hors de question de glisser ou de perdre l'équilibre, le contact grippe, le sol est stable et sec, tout va bien. Je réajuste ma six cordes à la bonne distance, à peine un centimètre vers le haut, voilà. Je vérifie l'espace entre ma bouche et le microphone, mes lèvres effleurent le métal grillagé.

Pascal balaie la salle avec un regard de prédateur, l'après-concert sera pour lui. Il se dégourdit la main gauche en glissant des notes vers le bas du manche de sa basse puis il remonte à une vitesse folle, il est tout excité. Il va falloir commencer très vite, sinon il implose. Il a vraiment l'air bizarre avec son instrument qui lui remonte trop haut sur la poitrine, sa maigreur est encore plus saisissante sous les projecteurs. Il devrait diminuer un peu les drogues et se nourrir correctement. Le torse nu et les cheveux attachés en queue de cheval, on dirait un reptile déguisé en être humain.

Clémentine commence par percuter le marteau contre la grosse caisse, elle envoie de brèves frappes au hasard sur les cymbales, les toms ou le charleston. Les secondes s'étirent, interminables. Devant mes yeux, l'attroupement compact et bruyant s'impatiente, même ceux qui hésitaient à s'approcher se sont finalement résolus à se coller à la scène. Je ne distingue encore aucun visage au sein de la masse anonyme en face de moi. J'entends le brouhaha d'une centaine de murmures. Je dois me ressaisir, rester concentré.

Je pense à Maya, à l'ardeur, au vert, au bleu et à l'or dans son œil noisette, aux étreintes sans limites qui me transformaient en adorateur sourcier, quand elle devenait maîtresse de la fontaine prodigieuse entre ses cuisses. Ensemble, en route vers les chemins qui menaient à nous donner l'un à l'autre sans frein ni tabou jusqu'à rompre les lignes, les cadres et les murs.

Il est temps de chercher le regard de l'ingénieur du son derrière sa console, c'est son job de donner le top départ.

J'aurais dû aller chercher Maya au bout de son impasse. Ensemble nous aurions brisé les nœuds qui compliquaient l'activité de son cerveau, elle aurait alors repris son élan avec le regard et les pas orientés vers demain. Je l'aurais suppliée d'oublier ses ennemis, aussi féroces qu'ils soient, de ne surtout plus en faire le centre de ses préoccupations.

Je l'imagine immense, radieuse, elle peint des toiles riches de l'ébullition qui court dans ses artères, une énergie démesurée, des monuments de tableaux aux tons vivifiants. Maya invente des formes encore inconnues.

Je salue la foule devant moi, un larsen a coupé ma dernière phrase, je me tourne vers Clémentine. Ses baguettes ne demandent qu'à commencer leurs courses dans l'air avant de s'abattre sur les peaux et annoncer le début du concert. Pascal ne me regarde plus, il est déjà en orbite, je sais qu'il ne rate jamais son entrée. Si l'on débute bien, la soirée sera dans la poche. Je compte, trois… quatre. Nous partons synchronisés sur les premières notes, le tempo est tendu, juste ce qu'il faut, devant moi le public bouge déjà. La distorsion sur la mélodie de guitare incendie l'atmosphère, la basse envahit les poitrines, Clémentine veut leur dérégler les battements du cœur et créer une génération de détraqués pacifiques et heureux. Je scande le refrain, il sort de mes entrailles, si large qu'il couvre, c'est un bon soir… Ma plus belle déclaration d'amour.

Clémentine, Pascal et moi sommes en train de casser la baraque, un bras d'honneur aux fous dangereux d'extrême droite et à leurs brunes nostalgies de destruction. Le mur de Berlin est tombé pour libérer les âmes et les corps, pour vénérer les différences, nous accrocher aux rêves de jours meilleurs, nourris de la folie de croire aux destins les plus fous. À la fin du premier morceau, j'imagine Maya se frayer un chemin vers le premier rang en faisant de grands gestes pour attirer mon attention.

J'oublie qu'après le spectacle, une fois les lumières éteintes, je ne m'allongerai pas sur son corps chaud avant de remonter sa chemise de nuit sur ses hanches, mordiller la peau tendue de ses rondeurs sans lui faire mal, juste l'agacer comme elle aime, la chatouiller tant qu'elle explosera en secouant la tête dans tous les sens.

Je t'aime Maya. N'oublie pas les caprices du vent, la course des planètes, la tiédeur d'une eau de pluie d'été sur ta peau, l'intensité d'un frisson cueilli lors d'un baiser, la magie d'un frémissement quand des doigts l'on se frôlait. Le feu des amoureux qui nous consumait toi et moi, un magma, un brasier de joie autour duquel nous dansions une valse des merveilles.

La veille de ton départ, la dernière fois que nos regards embués par les larmes se sont croisés, j'ai hésité à poser la question de ton retour. Je sais que tu reviendras un jour, Maya soleil, là, près de moi, superbe, rayonnante, un serre-tête doré maintiendra en arrière tes cheveux luisants, plus noirs que d'ordinaire, il dévoilera ton beau visage, tes pommettes hautes maquillées avec soin, la lumière improbable de tes yeux vairons, éblouissants. Le pourpre de ton sourire se mariera avec l'émail de tes dents, tu porteras ta minijupe bleu ciel, aux pieds tes chaussures beiges d'été à talons compensés, lacées un peu au-dessus de tes chevilles, tes ongles seront vernis. Je te retrouverai étincelante. Toi et moi de nouveau au diapason, guéris soudainement d'un mal profond, alertes, prêts à plonger dans le pays de plénitude, là-bas, au bout de nous-mêmes. Au bas de ton gilet bleu marine fermé sur ta poitrine dépasseront les pans de ta chemise à carreaux qui découvrira la lisière de tes seins. Tu dresseras ton pouce vers le haut, m'enverras un clin d'œil complice, puis tu plaqueras ta main contre ton cœur en signe d'encouragement. Tu me soufleras un baiser en pinçant fort tes lèvres.

Maya, j'irai ouvrir les fenêtres de ta chambre, nous sortirons ensuite nous promener, je te prendrai la main et nous irons rouler au pied des tilleuls de Dahlem, collés l'un à l'autre, ma bouche prendra la tienne, il nous reviendra une saveur de neige, une impression de frais, la fougue des premiers jours.

Maya ressuscitée. Toi et moi allons écrire l'histoire en lettres d'amour, de corps et de rêves, comme on se rencontre un soir sur les ruines d'une frontière et s'emballe dans la déraison. Nos pas battront de nouveau en rythme sur les graviers des jardins, sur les allées des parcs et sur les chemins de terre de la forêt de Grünewald. Nous irons nous perdre au milieu de la musique assourdissante des clubs enfumés de Berlin l'inconstante. Nous enjamberons les périls, les obstacles, nos folies et nos délices reprendront de plus belle pour ne plus s'arrêter. Elle continuera, notre histoire… Notre histoire.